目次

『大酒の合戦　下り酒一番㈣』――おもな登場人物

卯吉《うきち》　霊岸島新川河岸《れいがんじましんかわがし》の酒問屋武蔵屋《むさしや》の手代。先代市郎兵衛《いちろべえ》の妾腹《しょうふく》三男。稲飛《いなとび》と福泉《ふくせん》を担当。

市郎兵衛　先代の跡を継いだ酒問屋武蔵屋の主《あるじ》。放蕩癖《ほうとうへき》あり。

次郎兵衛《じろべえ》　芝浜松町《しばはままつちょう》の小売り酒屋武蔵屋分家の主。市郎兵衛の弟。見栄を張る。

お丹《たん》　先代の女房。市郎兵衛、次郎兵衛の母。武蔵屋を差配する大おかみ。

小菊《こぎく》　市郎兵衛の女房。市郎兵衛は冷たい。おたえが一人娘。

乙兵衛《おつべえ》　帳場《ちょうば》を預かる一番番頭。仕事は丁寧《ていねい》だが、事なかれ主義。

巳之助《みのすけ》　二番番頭。

左右吉《そうきち》　手代。灘桜《なだざくら》を担当。

吉之助《きちのすけ》　武蔵屋を背負っていた大番頭。卯吉に期待をしていた。故人。

丑松《うしまつ》　武蔵屋分家の手代。

おゆみ　市郎兵衛の妾。神田松枝町《かんだまつがえちょう》にある武蔵屋の家作に住む。

東三郎《とうざぶろう》　西宮《にしのみや》の船問屋今津屋《いまづや》の江戸店《だな》の主人。武蔵屋と親しい取引先。

お結衣《ゆい》　東三郎の娘。一つ上の卯吉には親切。

勘十郎《かんじゅうろう》　大伝馬町《おおでんまちょう》の太物屋《ふとものや》大和屋《やまとや》の主。先代市郎兵衛の弟。

吉右衛門《きちえもん》　小菊の養父で、鉄砲洲本湊町《てっぽうずほんみなとちょう》の下り酒問屋坂口屋《さかぐちや》の主。灘誉《なだほまれ》、高砂《たかさご》を取り扱う。

尚吉《しょうきち》　坂口屋の手代。卯吉と顔見知り。

茂助《もすけ》　卯吉の亡き母おるいの弟。諸国を巡る祈禱師《きとうし》。棒術の達人。

寅吉《とらきち》　霊岸島の岡っ引き。卯吉と同《おな》い年《どし》の幼馴染《おさななじ》み。

田所紋太夫《たどころもんだゆう》　定町廻り同心。寅吉を使う。

相模屋《さがみや》　花扇《はなおうぎ》を取り扱う下り酒問屋。主は平七《へいしち》。

河内屋《かわちや》　澤錦《さわにしき》、鶴寿《かくじゅ》を取り扱う下り酒問屋。主は弥左衛門《やざえもん》。

津久井屋《つくいや》　豊響《とよひびき》を取り扱う下り酒問屋。主は清兵衛《せいべえ》。

伊勢屋《いせや》　嵐雪《らんせつ》、雷《かみなり》を取り扱う下り酒問屋。主は藤九郎《とうくろう》。

筑紫屋《つくしや》　天神《てんじん》を取り扱う下り酒問屋。

下り酒一番(四)

大酒の合戦

第一章　薫風《くんぷう》の河岸《かし》

一

霊岸島新川河岸《れいがんじましんかわがし》を吹き抜ける初夏の風が、若い緑の葉をつけたばかりの柳の枝を揺《ゆ》らしていた。明るい四月の日差しが、水面《みなも》と葉を照らしている。風の強さや向きが変わると、その度に、輝きがあたりに散らばった。

河岸の道を歩く者は、目を細めて川面を見た。艪《ろ》の音を軋《きし》ませて、荷船が二艘《そう》河岸に滑り込んできた。四斗の酒樽を満載していた。真新しい杉の樽に光が当たっている。

「そうれっ」

河岸の船着場では、荷下ろしをしているところもあった。それも一か所ではない。

人足や小僧の掛け声が、あたりに響いている。その脇を、荷下ろしを済ませた空船が航跡を残して通り過ぎていった。

江戸の海に面した霊岸島を、新川は横断している。水路の便がいい場所なので、西国から運ばれる下《くだ》り酒《ざけ》を扱う問屋が、南北の河岸に櫛比《しっぴ》していた。

新たに入ってきた二艘の舟は、川の南河岸にある下り酒問屋武蔵屋《むさしや》の船着場で停まった。武蔵屋は間口六間半で、店舗の脇には大きな酒蔵を持っている。界隈《かいわい》きっての老舗《しにせ》だった。

荷船の到着に気づいた卯吉《うきち》や左右吉《そうきち》などの手代、そして小僧たちは店から飛び出した。河岸道で荷待ちをしていた二十名ほどの人足たちも、船着場に集まった。

西宮《にしのみや》から銘酒灘桜《なだざくら》五百樽を積んだ樽廻船《たるかいせん》が、品川《しながわ》沖に着いた。千石船は新川には入れないので、せいぜい百石積みくらいまでの荷船が迎えに行き、ここの河岸まで運んだ。艫綱《ともづな》が結ばれると、分厚い板が渡される。

人足や小僧が乗り込んで、荷運びが始まった。

「五百樽の荷下ろしは、たいへんだぞ」

「まったくだ。でも手間賃がいっぺんに入るからな」

荷運びが済んだら、一杯やりに行く打ち合わせができている者もいるようだ。彼らは下り酒の荷は運んでも、飲みに行くのは安価な地回《じまわ》り酒だ。一升で二百五十文以上はする下り酒など、一年に一度も飲めない。

「さすがに老舗の大店《おおだな》は、てえしたもんだぜ」

武蔵屋の重厚な建物に目をやりながら言う者もいた。

「さあ、気をつけて運べ。怪我のないようにな」

卯吉が手を大きく振って、指図をする。それで運び出しが始まった。五百樽の荷は、この二艘だけで運ばれてくるわけではない。次の荷船がやって来る。

一樽でも貴重品だ。水に落とすなどがあっては大損だ。一同の動きは慎重だった。

左右吉は帳面を手に、数の確認をしている。荷運びの指図が、ここでの卯吉の役目だ。倉庫へ納めてゆく。卯吉は十九歳、左右吉は二十二歳になる。

店の出入り口では、武蔵屋の大おかみお丹《たん》と、主人の市郎兵衛《いちろべえ》が荷運びの様子を見ている。二十九歳になる市郎兵衛は、卯吉とは十歳年の離れた長兄である。間に、二十六歳になる次兄次郎兵衛《じろべえ》がいる。二人はお丹が生んだ子で、卯吉は今は亡き先代主人の市郎兵衛が囲っていたおるいから生まれた。

お丹からすれば義理の子、市郎兵衛や次郎兵衛とは、腹違いの兄弟となる。おるいが亡くなったとき、十二歳だった卯吉は武蔵屋へ小僧として引き取られた。

二艘目の荷が倉庫に納められたとき、次の荷船がやって来た。人足や小僧たちは、すでに汗びっしょりだ。小僧の一人が、水でいっぱいになった桶《おけ》を運んで来る。何本もの柄杓《ひしゃく》が入れてあって、人足たちがこれを交代で飲む。奉公人は別の桶だ。

休憩する間に、空になった荷船が立ち去って行く。西宮からの樽廻船は、向こうにある船問屋今津屋《いまづや》の船で品川沖まで輸送される。品川沖から新川河岸までは、今津屋の江戸店《だな》が手配した中小の荷船で運ばれた。

「しかしこんなに仕入れて、売れるのかね」

水を飲みながら、中年の人足が言った。他の船着場でも、荷下ろしが行われている。その様子に目をやっていた。

「まあ、売る目当てがあるから、仕入れるんだろうがな」

そのやり取りを耳にして、卯吉はどきりとした。下り酒問屋は、どこも例年にない大量の仕入れをしていた。新川河岸は活況を呈しているが、仕入れた酒がどうなるかについては、酒商いに関わる者の間では、不安と疑問を持っている者が少なくなかった。

昨年の稲の出来は、この数年にない豊作だった。喜んでいいところだが、幕府や大名にとっては都合がいいばかりではなかった。供給が過多となれば、物の値は下がる。年貢米も同じだ。

幕府や大名にとって収入の中心になるのは米だから、値下がりを防ぐために酒造を利用した。すなわち酒を幕府や藩の統制品として、酒造量を調節した。豊作時には、大量に造らせることで米を消費させた。凶作時には逆で、酒造りを制限した。これで米価の安定を図ったのである。

「今年は、どこでもたくさん作られている。お上からの指図があるから、問屋は仕入れないわけにはいかねえ。品不足の時にだけ仕入れさせろとは言えねえから、こういうときには、相応に仕入れなくちゃあならねえ」

「なるほど。てえへんだな」

話している人足は、仕入れ事情を分かっていた。

仕入れる側にしてみれば、お上の方針通りやっていたら、大量の在庫を抱えることになる。そうでなくとも、市場では下り酒はだぶついていた。去年の今頃の品不足とは、対極の状況になっていた。

お上の方針には従うふりをして、できるだけ仕入れを控える。それをどうやってするかが、仕入れ担当の腕だった。

お上の方針は、下り酒問屋仲間の集まりで、肝煎《きもい》りの坂口屋《さかぐちや》吉右衛門《きちえもん》から伝えられた。町奉行所の与力も同席していた。

そこで市郎兵衛は、灘桜四千樽を仕入れると伝えてしまった。居合わせた主人たちは仰天した。昨年の仕入れ高の四倍になる。

「さすがは武蔵屋さん」

と煽《おだ》てはしたが、誰の目にも無謀な仕入れだった。

灘桜は、昨年の新酒番船《しんしゅばんせん》で一番になって人気を得た。この酒のお陰で、武蔵屋はそれなりの利を得たが、いつまでも人気が続くわけではない。熱しやすくて冷めやすいのが、江戸っ子の気質だ。今年の新酒番船で次の一番が決まると、徐々に売り上げ高は下り始めた。

だから卯吉がこの仕入れ話を聞いたときには、耳を疑った。

市郎兵衛は、旦那衆の前で見栄を張ったのである。灘桜を多くの小売りが欲しがって日参してきた。その光景が忘れられない様子だった。

「あいつは、本当に先が見えないやつだぜ」

今日の荷受けは大量なので、分家で手代をしている丑松《うしまつ》が助っ人に来ていた。お丹や市郎兵衛のやり方に不満を持っている丑松は、吐き捨てるように言った。

「まあ、そうですが」

「そんなことをしているから、武蔵屋の土台が揺らいできているんじゃねえか」

丑松は、元は武蔵屋の本店にいた。要領が分かるので、倉庫にいて収納の指図をしていた。武蔵屋の中で、卯吉が本音を言える唯一の奉公人だ。二歳上になる。

「先代の旦那や大番頭の吉之助《きちのすけ》さんが存命だったときは、仕入れも販売もきっちりしていたもんだ」

懐かしむように丑松は言った。市場の流れを読み取り、無茶な仕入れをすることはなかった。そして副業として各地に家作を持ち、人に貸した。数が増えれば、馬鹿にならない収入になった。

何があっても、武蔵屋の屋台骨は盤石と言われた。しかし市郎兵衛が亡くなり、そして吉之助も亡くなって跡取りの長子である今の市郎兵衛が主人になると、様相は大きく変わった。

見栄っ張りで先を読めない。煽てに弱く、下に見る者には傲岸《ごうがん》な態度を取った。お丹はまだ少しは先を見られたが、武家の出なので商いを充分に理解していなかった。おまけに一番番頭になった乙兵衛《おつべえ》は、吉之助のような骨のある者ではなかった。

帖付けは見事だが、万事に事なかれで済まそうとした。お丹や市郎兵衛に、意見を言うことができなかった。無謀な仕入れは今に始まったことではない。昨年、市郎兵衛が煽てられて大量に仕入れた福泉《ふくせん》という酒は、三百樽近い在庫を抱えたままになっている。

「福泉はいい酒だ。やり方次第では必ず売れるから、卯吉が売れ」

と押し付けられた。

勝手にやった仕入れの後始末を、押し付けられる者はたまらない。万一それで売れた場合でも、評価はされない。

「どうだ。私の言ったとおりになったじゃないか」

と手柄を市郎兵衛に横取りされる。これでは人は育たない。番頭や手代で力のある者は、引き抜かれた。

武蔵屋の商いは、みるみる傾いていった。その損失分は、先代が拵《こしら》えた家作を手放すことで埋め合わせた。多数あった家作は、今は三軒だけになっている。

ただ町の者や人足たちは、その実態を踏まえていない。一部の同業が気づいているくらいだった。

「どうするんだ。四千樽ものこの酒を」

丑松は腹立たし気に、樽の腹を拳《こぶし》で叩いた。分家だから、百樽二百樽といった量で仕入れる。丑松たち奉公人は、ひたすら売れと尻を叩かれた。

芝浜松町《しばはままつちよう》にある分家の武蔵屋は、次男の次郎兵衛が主人として小売りをやっていた。兄と同様に傲慢で、商人としての目が養われていなかった。工夫も辛抱もできない。損失が出ると、お丹に泣きついていた。

お丹は実子の二人には甘い。分家の損失補塡も、武蔵屋の内証を危ういものにしていた。

「おまえが受け持っている稲飛《いなとび》は、無茶な仕入れはしていないようだな」

「昨年よりも、二割増し程度です。売れると見込める、ぎりぎりのところです」

卯吉は答えた。福泉のようなしくじりはあったが、稲飛と灘桜は売れた。かろうじて、武蔵屋は持ち返した。その折も折の、無謀な大量仕入れだった。

新たに到着した船の荷下ろしが始まる。人足たちの顔や体から噴き出す汗が、日差しを跳ね返した。

「ご苦労様です」

最後の荷船には、船問屋今津屋の江戸店の主人東三郎《とうざぶろう》が乗っていた。同乗してきた二番番頭の巳之助《みのすけ》と数を確認し終えたところで、卯吉にも声をかけてきた。

武蔵屋では先代の時から、今津屋の樽廻船を使って仕入れを行っている。深い繫《つな》がりのある店だ。けれども卯吉とは、それだけの関わりではなかった。

卯吉は昨年の嵐の折に、永代橋《えいたいばし》で今津屋で修業をした船頭の命を救った。それ以来、好意的な態度を卯吉に対して取るようになった。

「無事に届いて、何よりです」

卯吉は返した。五百樽の下り酒は、灘《なだ》から遠路の旅をして江戸に着いた。きちんと売りたいが、難しい。

「これらをどう売るか、市郎兵衛さんの正念場でしょう」

東三郎は言ったが、力のこもらない言葉だった。厳しいことは分かっている。輸送業の者として、依頼を受けたから運んだ。しかしだからこそ、江戸に入津《にゅうしん》する下り酒の量が増えていることは、膚《はだ》で感じているはずだった。

そこへ東三郎の娘お結衣《ゆい》が現れた。うりざね顔で色白。卯吉には、どきりとするくらいの美貌に見える。

「灘桜は銘酒ですから、根強い人気がありますよ」

話を耳にしたらしいお結衣が言った。間違ってはいない。供給過多の今年でも、二千樽ならば楽々売れる。ただその倍を、市郎兵衛は仕入れていた。

お結衣は卯吉に対して、親しい様子で接してくれる。卯吉は胸にときめきを感じつつ、眩《まぶ》しい思いで見返す。口に出しては言えないが、恋情を持っている。

しかしお結衣は、親しく接しては来ても、卯吉に特別な気持ちを持っているわけではなかった。

昨年お結衣は、悪い男に騙されて、危ない目に遭った。卯吉が手助けをして事なきを得た。それで距離が縮んだが、お結衣は卯吉に親し気に接してもそれ以上の気持ちを持っていないのは気づいていた。

悪い男は死罪になってこの世を去ったが、お結衣はまだ忘れ切っていない。どうしてあんな男をとは思うが、卯吉にはどうにもならない。女心というのは、不思議なものだ。

「汗を、お拭きください」

お結衣が、胸に挟んでいた新しい手拭《てぬぐ》いを取り出して手渡してくれた。

「ありがたい」

言われた通り、それで汗を拭く。わずかにお結衣のにおいがした。こそばゆい気持ちだ。

恋情はなくても、卯吉にしてみれば、お結衣と親しく話ができるのは嬉《うれ》しい。今の自分は、傾いた武蔵屋の屋台骨を立て直すことが何よりも大事で、他のことは後回しだと思っている。お結衣との関係に、不満はなかった。

二

夕刻になって、卯吉は稲飛と福泉を売るための客廻りを終えて武蔵屋に戻った。すると裏手の倉庫脇で、二番番頭の巳之助と手代の左右吉が話をしていた。盗み聞くつもりはなかったが、会話が耳に入った。

「去年はあれだけ欲しがっていた店でも、今以上増やすつもりはないと断られます。それでもと無理にお願いしても、二樽か三樽で」

「それでは、話になりませんね」

左右吉の言葉に、巳之助はため息を交えて応じた。

「値引きをすれば、という店もあります」

「そんなことは、大おかみや旦那さんが、認めるわけがありませんよ」

「わかっていますが、困ったものです。あれだけ大量の仕入れをしましたからね、小売りは足元を見ているんです」

市郎兵衛は命じるだけで、自ら客廻りをするわけではない。巳之助や左右吉が実情を訴えても、聞く耳を持たない。

「それはおまえの、商人としての才覚がないからだ」

と逆に責められる。

自らの足で顧客廻りをすれば、灘桜がすでに一年前の勢いを失くしていることに気付くはずだが、それはしない。値下げの案も受け付けない。

卯吉は聞こえなかったふりをして、その横を通り過ぎた。売りあぐねているのは、卯吉も同じだった。

自分が仕入れた稲飛は無茶な仕入れをしていないから、無用な在庫はない。売れ行きも順調だ。しかし卯吉の仕事はこれだけではなかった。去年からまだ大量に売れ残っている福泉の販売も押し付けられていた。

もともと売れない酒で、姿を消した元手代と市郎兵衛が仕入れた酒だった。下り酒だから下級酒ではないが、味に癖があって売りにくい。この酒も、値引きは許されない。しかも来月いっぱいで売り切れと命じられていた。

「これくらいの商いもできないようじゃあ、うちではいらない。店を出て行ってもらうよ」

お丹は冷ややかに言う。市郎兵衛が仕入れに関わっていたことなど、記憶の片隅にもないようだ。

売れるはずがないと反対された稲飛を卯吉は仕入れ、将軍家への献上酒にした。不明になった灘桜を奪い返したのも卯吉だ。それらの事実があるから、武蔵屋はどうにか持っている。

卯吉がいなくなったら店は傾くと、お丹は薄々気づいている気配がある。しかし卯吉の存在自体が、許せないようだ。

武蔵屋の三男坊とはいっても、亭主が他所に作った女が生んだ子である。それを店に入れるにあたっては、抵抗があったのは間違いない。何か少しでもしくじりがあったら追い出そうと図っていた。その本音を、隠そうとはしなかった。

お陰で、手代にもなかなかなれなかった。店の中で、親族として扱われたことは一度もない。身に着けるものも食事も、奉公人のそれだった。だから奉公人たちも、卯吉に対する接し方は横柄だった。追い出されないのは、実父の弟で大伝馬町《おおでんまちょう》で太物《ふともの》屋の主人をしている勘十郎《かんじゅうろう》がいるからだった。親族の中では、勘十郎だけが卯吉の味方をした。

心情としてお丹が自分を憎むのは、分からなくはない。しかしだからといって、卯吉自身が、どうにかできることでもなかった。亡くなる直前の父の枕元に、卯吉は呼ばれた。傍らには吉之助もいた。そこで有能な商人となり、市郎兵衛を補佐して武蔵屋を守れと告げられた。

吉之助は亡くなるまで、卯吉に商人としてのいろはを仕込んでくれた。ただ手代にする前に亡くなった。手代に推してくれたのは、勘十郎だった。

卯吉は帳場《ちょうば》へ行って、乙兵衛に一日の報告をする。

「福泉の売れ行きが悪いねえ」

とは言ったが、売れない理由は分かっている様子だった。

そのとき、店の奥から市郎兵衛とお丹が出てきた。どちらも浮き浮きしている。

「ちょっと、出かけてきますよ」

卯吉には目も向けず、お丹は乙兵衛に伝えた。

「お気をつけて」

乙兵衛が応じる。もともと市郎兵衛は、夜遊びが多かった。小菊《こぎく》という女房とおたえという七歳になる娘がいるが、女にだらしなく勝手に過ごしてきた。吉原《よしわら》通いもあったし、後家の常磐津師匠と面倒なことになりかけたこともあった。今ではおゆみという女を囲って、その腹には子どもがいることも分かっていた。

「どうせ松枝町《まつがえちょう》じゃあないか」

出かけた後で、手代の一人が呟《つぶや》いた。

「大おかみも、一緒かね」

という声もある。

「さあ、どうだか」

お丹の外出も増えてきた。乙兵衛は行き先を知っているかもしれないが、他の者がそれを尋ねることはできない。

奉公人たちは、台所で箱膳を使って食事をする。手の空いた者から、飯を自分でよそって食べ始める。その日卯吉は在庫の確認に手間取って、食事が最後になった。

台所に入ったときには、食べている者は一人もいなかった。飯櫃《めしびつ》と汁の鍋が置かれているだけだった。珍しいことではないから、卯吉は棚から箱膳を出して蓋を取った。この蓋を裏がえして箱に載せると膳代わりになる。

「おや」

箱膳の中に、空の皿がある。いつもならばそこには、何かしらの総菜があるはずだった。

武蔵屋では先代の時から、手代は小僧と違って、一品菜が余計につく。目刺しや里芋の煮付け、きんぴらといった類の品だが、手代と小僧の違いをそれは示した。小僧は飯と汁、香の物だけだ。

手代になったとき、わずか一皿の菜でも、それが嬉しかった。しかし今夜の膳にはなかった。

いないのをよいことに、誰かが食べてしまったらしい。

奉公人たちは、卯吉がお丹や市郎兵衛に疎まれていることを知っているから、意地悪もされた。それについて、訴える相手はいなかった。

卯吉は黙って飯櫃と鍋の傍に寄り、飯と汁をよそった。汁は鍋の底に、一杯分があるだけだった。すっかり冷めている。

そのまま食べ始めた。不快だが、それを口に出しても事は解決しない。不快な気持ちが増すだけだ。何事もないように食べ始めた。

するとそこへ、人の気配があった。若おかみの小菊だった。小菊は、奉公人の食事を作る女中や小僧の指図をしていた。

「これを」

小菊はそう言って、小皿を箱膳に載せた。蒲鉾《かまぼこ》が三切れ載っていた。膳に気がついたらしかった。

「ありがとうございます」

卯吉はそう言って頭を下げた。

「いえ。気づかずにごめんなさい」

小菊は市郎兵衛の女房だが、目立たない。ただ卯吉を、武蔵屋の中で、血族の一人として認めてくれる唯一の人物といってよかった。

あいさつ程度の話しかしないが、前に飯櫃の飯が空になっていたときには、主家のために炊いた飯を持ってきてくれたことがあった。饅頭《まんじゅう》やお茶を振舞ってもらったこともある。卯吉には姪に当たるおたえは、屈託なく話しかけてくる。それは小菊が、手代ではあっても無縁の者ではないと話しているからだと受け取っていた。

市郎兵衛の女房でありながら、目立つ場面で顔を見ることはない。実家は小さな小売り酒屋だが、下り酒問屋仲間の肝煎り坂口屋吉右衛門の養女として、武蔵屋へ嫁入って来た。祝言を挙げたときには、市郎兵衛の子を宿していた。しかしおたえが生まれる前に、市郎兵衛の気持ちは他へ移っていた。

小菊は余計な話をしないで、引き下がっていった。

お丹は小菊を、無下には扱わない。しかしそれは、うわべだけのものだ。小菊の養父が坂口屋吉右衛門だからに他ならなかった。武蔵屋は、問屋仲間肝煎りの坂口屋の世話になることは少なくないから、それを頭に入れている。

ただおたえのことは、可愛《かわい》がった。お丹には、血の通った孫娘だからだ。

一人だけのつましい晩飯は、あっという間に終わった。

三

翌日も新川河岸では、朝から酒樽を担う荷運び人足の掛け声が響いていた。今津屋とは違う船問屋の樽廻船が、品川沖に到着したのだ。

「こんなに次々に、荷船が入るのは十数年ぶりくらいじゃないか」

そんなことを話す老人がいた。

新川河岸を歩いていた卯吉は、下り酒問屋相模屋《さがみや》の前で立ち止まった。ここでは店頭に、花扇《はなおうぎ》と酒薦《さかごも》に印付した四斗樽が積まれていた。

この店は前に、将軍家献上の酒を選ぶにあたって、奉公人が不正を働き三か月の戸《と》閉《じまり》の罰を受けたことがある。もともと大店老舗といった店ではなかったが、商家としての信用を落とした。奉公人を指図したのは主人の平七《へいしち》だと、多くの問屋仲間の者は考えているが証拠はない。

戸閉が明けて、平七は商いを再開していた。

相模屋では、花扇の在庫を抱えているはずだが、新酒も仕入れたと聞いた。その酒は下り酒として、他の銘柄に比べて品質の劣るものではない。ただ昨年の一件があるから、苦戦は免れないだろうと、丑松とは話をしていた。

「ただ平七は、気合を入れているようだぞ」

丑松は言っていた。平七はあくまでも花扇で、勝負をしようという覚悟らしかった。

そして卯吉は、店の中から道端にいる自分に目を向けている者がいるのに気がついた。主人の平七だった。

互いの目と目が合った。向けてきている目は、憎悪の目だった。献上の酒は、卯吉が推した稲飛と決まった。逆恨みでしかないが、面白くないという気持ちがあるのは明らかだった。

二呼吸するほどの間、目を合わせていたが、どちらからともなく外した。卯吉は武蔵屋へ向かって、河岸の道を歩き始めた。

平七が気合を入れているのは、卯吉にも分かる。正念場といっていい。しかし花扇の在庫を抱えた上に、さらに新酒を仕入れたのは、無謀に見えた。平七は市郎兵衛のような無能の者ではないが、追い詰められて焦っているのかもしれなかった。

しかし無茶な仕入れなどせずに、堅実な商いをしている店もある。

「おや、卯吉さん」

声をかけられた。坂口屋の手代尚吉《しょうきち》だった。坂口屋は下り酒問屋仲間の中心にある店だから、ご公儀の方針については順守をする立場にある。したがって仕入れの量は増やしているが、無茶なものではなかった。

抱えている顧客に、少しだけ多めに仕入れてもらう。商いの幅が大きいから、それだけでも問屋仲間では目立った。

「灘桜や福泉の売れ行きは、いかがですか」

尚吉は、気遣う口調で言ってきた。卯吉とは同い年だ。

「いやあ、難しいです」

「卯吉さんも、たいへんだ」

主人の吉右衛門が小菊の養父という関係もあるが、坂口屋の者は好意的な物言いをした。

「坂口屋さんはどうですか」

「うちも楽ではありません。買い手は増えないのに、どれも仕入れ量ばかりが増えています」

尚吉は謙虚な言い方をした。

「売れる量には、かぎりがありますね」

「そうです。ですから買い手を、これまでとは別のところから増やさなくてはなりません」

それには卯吉も同感だ。

「工夫が必要ですね。何か手立てがありますか」

これを探し出したいと、日頃から思っていた。

「値を下げればいいのでしょうが、在庫が多いから下げるというのは、よろしくありません」

「買いたくなる気持ちを、起こさせなくてはなりませんね」

「まさにそこです」

尚吉とは、まともな商いの話ができる。それは坂口屋の中では、奉公人の間でも常にそういう話をしているからだと感じた。吉右衛門はそれを許している。今の繁昌《はんじょう》に胡坐《あぐら》をかかず、商いに向かう吉右衛門の姿勢に他ならない。

武蔵屋では、奉公人同士でそういう話はしない。お丹や市郎兵衛は、「売ってこい」と言うだけだ。

「お互いに、知恵を絞りましょう」

そう言い合って別れた。尚吉との話は、有意義だった。

昼過ぎになって、卯吉は所用を済ましてから大伝馬町の太物屋大和屋《やまとや》へ行った。

「いらっしゃい、卯吉さん」

店の敷居を跨《また》ぐと、顔見知りの手代がそう声をかけてきた。ここでは卯吉は、主人の勘十郎の甥として、武蔵屋の三男として扱われる。

すぐに奥の部屋へ通された。叔父《おじ》の勘十郎に会い、武蔵屋の近況を伝えると共に、商いの指導を受ける。

「灘桜の四千樽は、愚かな判断だ。半分の二千樽、いや二千五百樽くらいまでならば、確実に売れる酒なのに、そこを見抜くことができない」

勘十郎はため息を吐いた。

「このままでは大量の在庫が出るはずだが、どう対応するか、お丹も市郎兵衛も、考えてはいないだろう」

と付け足した。

そこで卯吉は、尚吉と会ってした話を伝えた。

「新たな客層を、掘り起こすわけだな」

「そうです。お知恵を頂戴できないでしょうか。武蔵屋だけの問題ではないと存じます」

　このままにしては、どこの問屋も身動きが取れなくなる。

「ううむ。そうだな」

　勘十郎は考えこんだ。勘十郎は大和屋へは婿として入ったが、太物屋としての商いを大きくした。若い頃に、先代の市郎兵衛や吉之助に鍛えられた過去がある。

「酒造りを勧めたとはいっても、豊作の米は市場に出回って値は下がった。それにつれて、他のものの値も下がっている」

「はい」

　それは実感するところだ。

「となると、懐《ふところ》に余裕ができた者もいる。これまで下り酒には手が出なかったが、少し無理をすれば飲めるという者たちに、飲みたいと思わせなくてはなるまい」

「そうですね」

「飲みたいと思わせる、催しはできないか。その催しは、大掛かりなほどいい。武蔵屋だけでなく、下り酒問屋が総出でやるような催しがいい」

「江戸中の、評判にするわけですね」

「そうだ」

これまで下り酒に縁のなかった者を巻き込むのは、よい考えだと思う。しかし何をすればいいかは、見当もつかなかった。

「お丹と市郎兵衛の暮らしぶりはどうか」

勘十郎が訊いてきた。

「この数日、どちらもそわそわして出かけることが目につきます」

市郎兵衛は、泊まることもある。これは珍しくはなかった。お丹の外出が多くなったのが、これまでと違うところだ。

「そうか」

苦々しい顔になって、勘十郎は続けた。

「市郎兵衛が神田《かんだ》松枝町で囲っている女おゆみが、子を生んだ。男児だ」

「さようで」

卯吉は息を呑んだ。それ以上、どう答えていいか分からない。武蔵屋の小僧や手代は、まだ誰も知らなかった。

正妻になる小菊との間には娘おたえしかいないから、武蔵屋の跡取りはその男児だけとなる。考え方としては当然だが、小菊はどうなるのかと考えた。苦情も言わずに、気持ちの冷えた亭主と暮らしている。

養父坂口屋吉右衛門がいるから、無下にはされないだろうが、微妙な位置に立たされるのは間違いなかった。

「どうなるのでしょうか」

「すぐにどうこうはないだろうが、お丹や市郎兵衛は何か企《たくら》むかもしれない」

勘十郎は、それ以上のことは口にしなかった。

四

倉庫脇の路地で、おたえが一人で蹲《うずくま》っていた。どうやら泣いているらしい。いつもはにこにこしていて、泣いている姿を目にするのは初めてだから、卯吉は驚いた。傍へ行ってしゃがみ、目の位置を同じにして問いかけた。

「どうしたんだい」

優しい声が出た。市郎兵衛とは他人よりも酷《ひど》い関係だが、この娘は姪だという気持ちがあった。

すぐには反応がない。うつむいたままだ。繰り返して問いかけると、消え入りそうな声で答えた。

「おばあちゃんに、いわれたの」

「何をだね」

お丹がおたえを叱る姿など、見たこともない。

「もう、そろばんはやらなくていいって」

「ほう」

おたえは年が明けて、七歳になった。そのときお丹は、朱色の携帯用の算盤《そろばん》を与えた。珠も小さいから、扱いやすいものだった。

「女でも、あなたは商人の家の子ですからね」

という理由だった。おたえは知的好奇心のある子どもで、算盤をいじりたがった。算盤を与えられたことを喜んだのである。

ところがお丹は急に、算盤は習わなくていいと告げたという。代わりに人形をくれた。それがやや離れた地べたに、ぞんざいに置かれていた。ちらと見ただけでも、手の込んだ高価な人形だと分かった。

「算盤は」

「おばあちゃんが……」

その場面を思い出したのか、おたえは鼻を啜った。算盤は取り上げられた。お丹に逆らうことはできない。それが悲しく悔しいらしかった。

「算盤をやりたいのだな」

「うん」

お丹の言動を聞くと、もうおたえは商家の子どもでなくともいいと言っているように聞こえる。嫁に行く娘は、算盤よりも人形が似合うということか。

これには意味がありそうだ。おゆみが男児を出産して、武蔵屋では婿を取る必要がなくなった。すぐか嫁入るまでかは別として、いずれは武蔵屋を出て行く人間だと、これまでとは気持ちを入れ替えたと受け取れた。

お丹の身勝手が、七歳のおたえを悲しませている。

「ならば私が、算盤を買ってあげよう。そしてやり方を教えよう」

「でも、おばあちゃんが」

子どもなりに、お丹を気にしている。

「なあに、おばあちゃんには内緒だ。私とおたえとの約束だ」

「うん」

初めて目が輝いた。

「でも、あのお人形はどうしよう」

厄介なものを見る目をして言った。

「邪魔だろうが、部屋の隅に置いておけばいい」

「そうだね」

人形を無造作に拾い上げたおたえは、母屋に入って行った。

卯吉は顧客廻りをしながら、考えた。お丹と市郎兵衛は、おゆみと生まれた男児をどうするのか、ということである。自分が考えたところでどうなるものでもないが、頭に浮かんでくる。

このまま妾宅に置き、子どもがある程度の歳になったら店に入れるのか、それとも数か月のうちに決着をつけるのか。それによって、小菊とおたえの暮らしは激変する。

三軒の小売りを廻ってから、卯吉はおゆみが住む神田松枝町の家に行ってみた。

かつては両手では指が足りないほどの家作があったが、手放してしまった。おゆみが住む家は、武蔵屋に残った数少ない表通りにある家作の一つだった。広い敷地ではないが、手入れは行き届いている。

家に入るわけにはいかないので、卯吉は近所にあった古着屋で、店番をしていた小柄な老婆に問いかけた。

「あの家には、赤子が生まれたそうですね。可愛らしい、男の子だとか」

「どうも、そうらしいねえ」

卯吉は好意的な物言いをしたが、老婆は面白くないといった口ぶりだった。

「旦那さんは、よく顔を出すんですか」

老婆は、囲われ者ということで、不快な口ぶりになったのかもしれない。そう考えて、「旦那さん」という言い方をした。

「そうだね。赤子が生まれてから、顔を見せることが多くなった。近頃じゃあ、婆さんまで顔を見せる」

「なるほど」

お丹が外出する先は、ここだったかと得心がいった。跡取りになる男児の孫ならば、取り立てて可愛いのかもしれない。

「でもねえ。ああいうの、ひと揉めするんじゃないかねえ。こちらにゃあ、どうでもいい話だけど」

婆さんは言った。付き合いはないので、顔を合わせたら挨拶《あいさつ》をするくらいだそうな。

古着屋を出て通りに立ったとき、妾宅の隣のしもた屋から、中年の女房が出てきた。柄杓で水を撒き始めた。卯吉は近づいて、声掛けをした。

「こちらの家には、赤子が生まれたそうですね。可愛らしい、男の子だとか」

建物を指差しながら言った。

「ええ、元気な愛らしい子ですよ」

古着屋の老婆とは違う、好意的な口調だった。

「顔を見ましたか」

笑みを絶やさずに訊く。

「丸々と肥えた子でね、まるで金太郎のよう」

生まれて間もない子だからか、少し大げさな言い方だ。赤い顔で、元気に泣くということを言いたいらしい。

「もう名は、ついているのでしょうね」

「ええ、市太郎《いちたろう》といいます」

これを聞いて、卯吉はどきりとした。市郎兵衛の幼名だからだ。そこまで入れ込んでいるのかと考えると、胸に小さな痛みが湧いた。

「ならば二、三年もしたら、このあたりを走り回りますね」

「いや。そう長くは、ここにいないような話しぶりでしたよ」

軽い気持ちでした問いかけだったが、女房は気になることを告げていた。

「どこかへ、越すんですか」

「何でも旦那さんの家だとか」

「母子ともにですか」

「そう聞きましたけどね。玉の輿じゃあないですか」

どこの誰とは知らないらしい。ただやって来る旦那と、その母親の顔は見ている。その身なりから推して判断したようだ。

こうなると、小菊とおたえはどうなるのか。ますます気になった。お丹がおたえに算盤をやめさせた理由が、これに繋がりそうだ。

おゆみや赤子にとっては、幸いな話だった。卯吉の母おるいは、日陰者のまま亡くなった。武蔵屋に入った自分は、余計者扱いをされている。

ただ出生は、自分のせいではない。生まれた市太郎は、責められる存在ではなかった。

女房とは別れて、卯吉は玄関前まで行ってみた。何かが聞こえるわけでもないが、耳をそばだてた。

するとそこへ、近寄ってくる人の気配を感じて、卯吉は振り返った。般若《はんにゃ》のような形相《ぎょうそう》をしたお丹が、歩み寄って来たところだった。

「おまえ何をやっているんだい。泥棒猫みたいに、人の家を探ったりして」

低いが、凄みのある声だった。

「ここの人が、赤子を生んだようで」

お丹との血の繋がりはなくても、自分は武蔵屋の親族だという気持ちがある。黙って引き下がればよかったかもしれないが、つい言ってしまった。

「何だって」

お丹の怒りは、それでさらに大きくなったらしかった。こちらには何も言わせず続けた。

「おまえは余計な口出しなどしなくていい。さっさと福泉を売っておしまい。できなければ、店を出て行く身なんだから」

お丹はこの件について、卯吉と話をする気は微塵《みじん》もない。何か言葉を返せば、さらに逆上するのは目に見えていた。

卯吉はその場を立ち去った。

帰り道、卯吉は携帯用の朱色の算盤を買った。上質のものを奮発した。

店の台所に行くと、おたえの姿があった。目で合図すると、倉庫脇の路地に出てきた。卯吉は算盤を差し出した。

「ありがとう」

両手で摑んで、胸に抱いた。よほど嬉しかったらしい。目を輝かしていた。

細い指先で、上の珠を払った。慣れた手つきだった。簡単な計算はできるようだ。

明日から、教えることにした。

五

それから三日が過ぎた。卯吉は、お丹や市郎兵衛からまったく声掛けをされることもないまま過ごしていた。珍しいことではないから、気にしない。

卯吉は誰にも内緒で、朝のうち四半刻ほどおたえに算盤を教えた。場所は武蔵屋の敷地や倉庫などではやれない。目立ってお丹に気付かれたならば、おたえはまた悲しい思いをする。

そこで霊岸島内の富島町《とみしまちょう》の裏通りにある、艾屋春屋《もぐさやはるや》の台所を借りることにした。ここは卯吉の幼馴染《おさななじみ》で、土地の岡っ引きをしている寅吉《とらきち》の家だ。寅吉は父親が亡くなって、縄張りを引き継いだ。定町廻り同心田所紋太夫《たどころもんだゆう》から手札を貰っている。母親の名はお春《はる》で、気さくな女だ。卯吉も幼い頃には可愛がってもらった。

　ここならば、稽古《けいこ》が外に漏れることはない。寅吉に頼むと、二つ返事で使うことを承知してくれた。

「おれは算盤なんて、嫌いだったがなあ。てえしたもんだ」

「この子、なかなかに覚えがいいじゃないか。指がよく動く」

　卯吉とおたえの稽古ぶりを目にして、寅吉とお春は言った。

　指導をしていると、卯吉は母おるいの弟茂助《もすけ》から、棒術を習ったときのことを思い出した。まだ母と二人で暮らしていた六、七歳くらいから教えられた。茂助は白い狩衣《かりぎぬ》を身に纏《まと》い、烏帽子《えぼし》を被って諸国を巡りながら、祈禱《きとう》を行っていた。一年に数度ぶらりと訪ねて来た。そして滞在している間は、棒術を仕込んでくれた。

　叔父に教えられるのは楽しかった。

　武蔵屋に入ってからも、江戸に来たときは、新川河岸からは離れたところで稽古をつけてもらった。そして一人で朝稽古を続けた。お陰で今は、五尺から六尺の棒があれば、侍と向かい合っても引けを取らない腕前になった。

　叔父から受けた棒術の稽古は、事に至ってなにくそと思える、怯《ひる》まない気持ちを養った。悔しいとき、悲しいとき、棒を振った。それで救われた。

おたえが算盤が好きならば、それをやればいい。腕が上がれば、何かの折に必ず役に立つ。その手伝いができるならば、喜ばしいことだ。

おたえは、稽古を楽しみにしている様子だった。いつも卯吉よりも早く来て、待っていた。

ただ小菊の姿を見るのは辛かった。市郎兵衛が神田松枝町の家作におゆみを住まわせたこと、その腹に子がいることまでは知っていた。妾宅の前で、その建物を見詰めている小菊の姿を、卯吉は目にしたことがある。

男児が生まれたことを知っていたら、心の乱れはあるだろうと思った。けれども小菊は、それを面に出すことはなかった。何事もないかのように過ごしていた。

卯吉が受け持つ酒では、福泉を売る分で難渋をしていた。算盤の指導が、卯吉の唯一の息抜きの場になりつつあった。

そして灘桜の販売については、巳之助と左右吉が苦戦を強いられていた。

「気持ちを引き締めておやり。やればできないことなんてないんだから」

お丹は発破《はっぱ》をかける。値引きを許さず、支払期限の遅延も認めない。その矢面に立つのが左右吉だ。

卯吉が出かけようとしたとき、すれ違うようにして店に入ってきたのが、次兄の次郎兵衛だった。卯吉には一瞥《いちべつ》も与えることなく、店の奥へ入った。

「おっかさんはいるかね」

気付いた奉公人たちは「いらっしゃい」の声を上げるが、それは無視をする。誰に言うともなく言ってから、断ることもないまま履き物を脱いで上がった。

その姿を、左右吉は苦々しい眼差《まなざ》しで見つめていた。乙兵衛も嫌な顔こそ見せないが、どこか困惑の表情を浮かべる。次郎兵衛が奥の部屋へ入ってゆくと、ふうっとため息を吐いた。

次郎兵衛が何をしに来たのかは、店の者ならば小僧でさえ分かる。

卯吉が通りに出ると、丑松がいた。ついてこさせられたのかもしれない。店の中には入らなかった。

「あんな恥知らずのやつのお供でここまで来たかと思うと、てめえに腹が立つぜ」

卯吉が何も言わないうちに、丑松は漏らした。

「支払いの延期を、頼みに来たのですね」

「まあそうだ。代を払えない客だと分かっていても、煽てられて品を渡してしまった。催促はおれに行かせたが、取れないのは初めから分かっていた。それでお丹に、泣きつきにきたんだ。情けないやつだぜ」

うんざりした顔で、丑松は言った。

「大おかみは、延期を許しますよ。いつものことです」

お丹が厳しいのは、他人に対してだけだ。

「だから市郎兵衛や次郎兵衛は、腑抜けになったんだ」

「ただ乙兵衛さんは困るでしょうね。支払いの金として、あてにしていたはずです」

「どこからか、利息のつく金を借りてその場しのぎをするのだろう。それではもう、武蔵屋の商いは、昔のようにはならねえな」

武蔵屋は泥船のようなもので、早晩沈む。やめるならば、早い方がいいと前に言われたことがあった。

丑松は亡くなった大番頭吉之助から、「分家を頼む」と告げられて、次郎兵衛についていった。移りたくて移ったのではなかったが、吉之助には世話になっていた。

「そろそろ辛抱も、きかなくなってきたぜ」

吐き捨てるように、丑松は言った。

その日の夕刻、下り酒問屋仲間の寄り合いが、肝煎りの坂口屋の店であった。鉄砲《てっぽう》洲本湊町《ずほんみなとちょう》にあって、年に四万樽の商いをしている。最盛期の武蔵屋を凌ぐ大店だ。

差配をするのは、小菊の養父である吉右衛門だ。

「ちょっと私は」

市郎兵衛は行くのを渋ったが、さすがにこれはお丹が聞かなかった。

「あんたはこの店の主人だ。お歴々の集まりに、あんたが行かなくてどうする」

こういうところは、お丹は外さない。そして渋る市郎兵衛に、卯吉を伴うようにと告げた。

奉公人は出る資格がないが、卯吉が武蔵屋の血縁であることは皆知っている。市郎兵衛よりも、信用がある。市郎兵衛はそれが面白くないが、一人で行くよりはいいと考えたのか、同行を承知した。

「ご苦労様でございます」

三部屋の襖を外した大広間に、主人たちが集まって来た。上機嫌といった様子の者は一人もいない。どこもそれなりの在庫を抱えていた。

「町奉行所からのお達しもあって、私どもでは、例年にない仕入れを行いました。抱えている在庫をどうするか。問屋仲間全体で考えなければ、どうにもなりません」

一軒一軒の店が個別に力を尽くせば済むという問題ではない。すべての店が力を合わせて知恵を絞るべきだと吉右衛門は言っていた。

これが今日の中心の議題だった。

「ええ。このままでは、うちはやり切れません」

と告げた問屋がいた。

「まことに」

多くの主人が頷《うなず》いた。商いの大きさには違いがあっても、追い詰められている事情は変わらない。

「どうでしょう。一時的に、すべての店で値下げをしてみては」

他よりも大量の在庫を抱えているとおぼしい店の主人が言った。利幅を薄くしても、在庫を掃きたいという気持ちからだろう。

「いやそれは、下り酒の品格を下げますよ」

在庫の販売が、比較的順調な店の主人は反対する。これに頷く者もあった。それぞれ事情が違うから、一つにはまとまらない。

「値下げではなくて、うまい手はないでしょうかね。若い人の考えを聞いてみましょうか」

いきなり吉右衛門は、卯吉にふってきた。居合わせた者たちすべてが、顔を向けた。心《しん》の臓《ぞう》が熱くなったが、何か言わなくてはと思った。

難局は、問屋仲間が一丸となることで抜け出さなくてはならない。その考えは、卯吉も同感だ。

「何か催し物をして、盛り上げてはどうでしょう。これまで下り酒など飲まなかった人たちにも、飲みたいという気持ちを起こさせるのです」

これは前に勘十郎が言っていた考えだ。それが口を突いて出たのは、卯吉も何かができないかと思案をしていたからだ。

「それは、いいかもしれない」

まず賛同の意見を口にしたのは、河内屋弥左衛門《かわちややざえもん》という者だった。四十代半ばの歳で、やり手と言われている者だった。品不足だったときにも、商い量を増やしてきた。

「なるほど、そうですね。おもしろいじゃあないですか。しかし何があるでしょう」

これは津久井屋清兵衛《つくいやせいべえ》という三十代半ばの者だ。老舗の何代目かだが、堅実な商いをしているとの評がある。卯吉に案を訊いてきた。

他の者も目を向けた。「やめろ」と言う者はいなかった。

集まった者の中には、相模屋平七の姿もあった。献上の祝酒の件があるから、卯吉には不快な気持ちを持っているはずだが、意見は聞こうとしていた。

「何ができるか、ずっと考えていますが、妙案は浮かびません」

一同が話に乗るとは予想もしていなかったので、慌てた。

「何か、思いつくことはありますかな」

吉右衛門が一同を見回した。

「各店で一樽ずつ出して、音曲《おんぎょく》と共に担ぎ上げて、江戸の町を練り歩かせたらどうでしょうか」

「それではただ目立たせて、売ろうとしているだけに見えませんか」

これぞというものは浮かばない。

次の集まりまでに、考えておこうということになった。いくつかの打ち合わせをして、集まりはお開きになった。

「それではこれで」

一言も話さなかった市郎兵衛は、さっさと引き上げていった。吉右衛門には、型通りの挨拶をしただけだった。さすがに後ろめたさがあるのかと、卯吉は推察した。

吉右衛門も、おゆみに男児ができたことについては、一言も触れないで挨拶を受けていた。しかし仮に小菊が放り出されるようなことにでもなったら、黙っていないはずだった。

どうすればいいのか。己《おのれ》の気分に動かされやすいお丹や市郎兵衛だが、真剣に考えているのかと、卯吉は気を揉む。

旦那方が引き上げた最後に、卯吉も座敷を出ようとすると、声をかけてきた者がいた。

「問屋仲間を挙げて催し物をするのは、よい考えです。さすがに卯吉さんですな」

卯吉の提案に対して最初に賛同の声を上げた、河内屋弥左衛門だった。口元に、笑みを浮かべている。

道で会えば頭だけは下げるが、口を利くのは初めてだった。

「はあ」

どう返答をしたものかと迷った。

「福泉の売れ行きはどうですか」

そう踏み込んできた。卯吉が売り歩いていることを、承知して口にしてきたのだ。少しどきりとした。

「いや、あまりうまくはいっていません」

これは正直に言った。隠すほどのことではない。これも分かっているだろう。

「どうでしょう。三十樽ほど、わたしのところで引き取りましょうか」

「えっ」

損を承知での申し出だから訝《いぶか》った。河内屋は、武蔵屋にも卯吉にも義理はない。

「なぜそのようなことを、してくださるので」

うまい話には裏があるので、問いかけた。

「卯吉さんのお力になりたいのですよ」

「…………」

弥左衛門の顔を、しげしげと見た。何を企んでいるのか。

「武蔵屋では、卯吉さんは正当に評価をされていません。ですから、お手伝いをしたいのです」

卯吉の扱われようを知っている。

「ありがたいお話ですが、まあ何とかやってみます」

「何かあったら、いつでもお越しください」

しつこく勧めることはなかった。それで引き上げた。卯吉にしてみれば、気味の悪い申し出だった。

六

卯吉が武蔵屋に戻ったときには、店の戸は閉められていた。提灯《ちょうちん》を手にした卯吉の前に、白い狩衣に黒烏帽子、祭壇を背に錫杖《しゃくじょう》を手にした祈禱師が現れた。

卯吉が現れるのを、待っていたらしかった。

「ああ、叔父さん」

母おるいの弟茂助だった。

「二か月ぶりだな。上野国《こうずけのくに》や下野国《しもつけのくに》を廻って、少し前に江戸に着いたところだ」

「それはお疲れ様でした。ちとお待ちを」

卯吉は店に入って、一升の稲飛を徳利《とっくり》に入れて持ち出した。勝手に持ち出したのではない。乙兵衛に代金を払ってのことだ。店の酒は一滴であっても、勝手にはしない。

「おお、久々に飲む下り酒は旨《うま》いな」

喉を鳴らして飲んだ茂助は、満足そうに言った。無類の酒好きだから、江戸にいるときはたっぷり飲ませてやりたいと思う。

「上野や下野では、地回り酒が盛んに造られているのでしょうね」

豊作を前提にしたご公儀の方針を受けて、地回り酒も製造量を増やしている。

「まあそうだ。しかし雑味が多いからな、味で比べたら下り酒には到底及ばないぞ。武蔵屋の商いはどうだ」

「どこも仕入れ量を増やしていますから、たいへんです」

灘桜の大量仕入れや、売れ残っている福泉の販売を押し付けられたこと、市郎兵衛が囲っているおゆみに男児が生まれたこと、河内屋から福泉販売について助勢を告げられたことなどについても伝えた。

それについて、最初に茂助が口にしたのは河内屋弥左衛門の申し出についてだった。

「話に乗らないのは当然だ。河内屋はしたたかだからな」

「何を企んでいるのでしょうか」

「おまえを、引き抜こうとしているのではないか。おまえを使えると、見込んでいるのだろう」

武蔵屋で自分が置かれている境遇を、弥左衛門は知っていた。誰かに聞いたか、調べなければ分からない。

茂助は続けた。

「おまえさえいなければ、武蔵屋は二年で潰れる。商売敵がいなくなるのは、河内屋にとっては好都合だ」

二年で潰れるという言葉は、衝撃だった。しかし茂助は、腹にないことは口にしない。卯吉にしても、市郎兵衛や次郎兵衛のやり方を見ていると、二年という期限は否定できない気がした。

「商いは、使える奉公人をどれだけ抱えているかで決まる。武蔵屋は育てることもせず、引き抜くこともない。弥左衛門は、見るべきところは見ているではないか」

茂助の言葉をもっともだと思って聞いた。

「でも、私は武蔵屋を出ることはできません」

いっそ出てしまいたいという気持ちが、ないわけではない。どれほど気楽だろう。坂口屋吉右衛門からも、店に来ないかと誘われたことがあった。

しかし父市郎兵衛や大番頭吉之助の願いを、胸に受け止めている。母おるいも、卯吉が武蔵屋の大黒柱として働くようになるのを望んでいた。

お丹や兄の市郎兵衛には冷遇されているが、自分の根っこは武蔵屋にある。ここを離れたら、自分は何者でもなくなってしまう。

「武蔵屋にいればいい。いつかはお丹や市郎兵衛も、おまえをないがしろにはできなくなる日が来る。その日は、そう遠くはないぞ」

この茂助の言葉は、胸に染みた。

「松枝町のおゆみは、男児を生んだか。本人にしたら、してやったりといった気持ちだろうな。しかしその件については、わしにはどうにもならん」

どこか投げた口調だった。

「母子を、武蔵屋に入れたいようです」

耳にした噂《うわさ》を伝えた。

「吉右衛門殿の目が黒いうちは、それはできないだろう。あのご仁の力を撥《は》ね返すことは、今のお丹や市郎兵衛には無理だ」

「では、どうするのでしょう」

「分からぬ」

茂助は、どこか不貞腐れた口調だった。市郎兵衛と小菊夫婦については、無関心ではないが、自分は関わらないと決めているのかもしれなかった。

卯吉は小菊の今の気持ちについて考えると、息苦しさが胸に湧いてくる。

放っておかれた挙句、他所に子まで作られ、場合によっては追い出されるかもしれない境遇にいる。養父のお陰でそれを免れたところで、嬉しいわけがない。小菊はまだ二十六で、人生を捨てる歳ではなかった。

小菊に対する気持ちには、お結衣を思うときのようなときめきはない。しかし気にはなる。どうしようもなかった。

茂助は、徳利の酒をごくごくとやってから、話題を変えた。

「稲飛と福泉は、おまえが売るしかあるまい」

これは商人として仕方がないだろうという言い方だった。そしてこれまで廻って来た上野や下野の話をした。

「昨年は豊作だった。百姓は喜んでいる」

不作や凶作が三年も続くと、百姓は追い詰められる。田畑や娘を売らなければならなくなる者が現れる。

「一息ついたわけですね」

「そうだ。しかしな、世の中というのは、なかなかに一筋縄ではいかないものだ。大名家の城下であろうと、不作の村や不漁の漁村であろうと、金はな、あるところにはあるものだ」

「…………」

「何も江戸だけを、売り込む場所と決めつけることはない。不作の去年でも、豪農や網元の家では、下り酒を飲んでいた」

そうかもしれないとは思う。市井の者が苦しんでいても、それを歯牙にもかけず贅《ぜい》沢《たく》をしている者はいる。

茂助は、一升の酒徳利の腹を撫でた。揺すると、ちゃぽりと音がした。

「何と言っても、下り酒は旨い。この先どうなるかは分からないが、今は地回り酒など足元にも及ばない。旨さが分かれば、金のある者は出す。金持ちではなくても、無理をすれば買える者は、手を出すのではないか」

地回り酒を飲んでいる者で、金を出せる者に勧めろと言っている。

「地方で売るわけですね」

「そうだ。飲んだことのない者に、旨さを伝えなくてはいけない」

江戸を出て売るなど、考えもしなかった。しかし考えてみれば、なるほどと思われた。下り酒はすでに北関東だけでなく、東北諸藩の領地にも運ばれている。しかしまだ、顧客の発掘は可能な地域だと思われた。

「そういう売り方をしている店は、他にもあるのでしょうか」

「坂口屋はしているぞ。わしは高崎《たかさき》で尚吉を見かけた」

茂助はそれで、城下の主だった酒問屋で聞き込みをした。坂口屋が少なくない量を売っていることが分かった。

「吉右衛門は、したたかな商人だぞ」

「そうですね」

茂助がした話は、初耳だ。吉右衛門からも尚吉からも聞かない。日頃は温厚だし、阿漕《あこぎ》な商いもしない。しかし打つべき手は打っている、したたかな商人として尊敬できると思った。

店の者でなければ、話さないのは当然だ。

前に坂口屋へ来ないかと言われたとき、吉右衛門の下で働くのは面白そうだと感じた。茂助の話を聞いてその気持ちは募ったが、自分にはそれができない。

残念だった。

七

茂助の話が胸に残った卯吉は、翌朝売りあぐねている福泉の販売について、地方で売ることはできないかと乙兵衛に打ち明けた。茂助から聞いたとは言わないが、その理由も伝えた。

おるいの実弟である茂助は、武蔵屋では関わってはいけない人物になっている。

話を聞いた乙兵衛は、少しの間考えてから、ぼそりと言った。

「よい話だとは思うが」

江戸を出て売るという案には得心したらしいが、返答ができない。武蔵屋にはご府内を出た土地には販路がないから、地元の地回り酒問屋と繋ぎを取らなくてはならない。

「大おかみや旦那さんは、ご承知なさるでしょうか」

乙兵衛は、常に二人の顔色をうかがう。自ら何かを強く推したり、諫《いさ》めたりは一切しない。何かをしてしくじった場合に、己の責になることを怖れるからだ。

「話してみたらいい」

というのが意見だった。自分は関わらない。おまえが勝手に伝える分にはかまわないとの考えだった。

このままでは、来月末までに福泉を売りきることはできない。しかし売るための相手と場所を広げれば、可能性はある。どこへでも出向いて、まずは飲んでもらう。労を惜しむつもりはなかった。

地回り問屋を通しての商いではない。それでは自尊心の高いお丹や市郎兵衛が、承知をするわけがなかった。卯吉は、販売は自分の手で小売りに卸したかった。価格に輸送料が上積みされるが、飲みたい者は銭を出すと思った。

お丹と市郎兵衛が、帳場に姿を見せた。居合わせた奉公人たちとは挨拶をしたが、どちらも卯吉には一瞥も寄こさなかった。

日々のことだから、卯吉は気にしない。

「福泉の売り方について、お話ししたいことがあります」

他にも聞こえるように、はっきりと声を上げた。無視をさせないためだ。乙兵衛には話を通しているから、やめろとは言わない。それが乙兵衛にできる、精いっぱいの助勢だった。

お丹と市郎兵衛は、何だという目を向ける。何か言う前に、卯吉は続けた。

「福泉を、ご府内を出たところでも売りたいと存じます。そこならば、売れる余地があります」

「うちから仕入れた小売りの店が売るならば、どこで売ろうと勝手じゃないか」

何を言い出すのか、という顔でお丹が答えた。市郎兵衛は、嫌悪の眼差しを向けてくるだけだ。

「いえ、小売りや地回り問屋が売るのではありません。私が売ります」

「何を言っているんだよ。おまえが売るんならば、武蔵屋が売るということじゃあないか」

お丹も、その程度は分かる。

卯吉は、乙兵衛に伝えたことと同じ内容を話した。上野や下野まで販路を延ばせば、伸びしろが大きいと強調した。

しかしお丹と市郎兵衛の眼差しは冷ややかだった。伝えていることが、撥ね返されている印象だった。すべてを言い終わらないうちに、お丹が遮るように口を開いた。

「馬鹿な話だ。新川河岸の老舗問屋武蔵屋の酒を、田舎廻りをして売るのか。恥を知れ」

お丹は腹を立てていた。自尊心を傷つけられたらしい。

「どうしても田舎廻りをしたいならば、武蔵屋を出てからやれ。おまえには、その方が似合っている」

これは市郎兵衛だ。どちらも話にならないといった反応だった。お丹は、蝿《はえ》でも払うように手を横に振った。去れ、という意味である。

「先の見えない人たちだ」

卯吉は二人の前から離れた。そして胸の内で呟いた。却下するにしても、検討してもいい内容なのは明らかだった。武蔵屋の商いは行き詰っている。どこかに活路を見出さなければ、じり貧なのは目に見えていた。

田舎廻りのどこが悪いのかと言い返したかった。長い目で見て、武蔵屋はそれをしなければ生き残れない。

自尊心だけで、状況を見られない者たちだ。坂口屋とは雲泥の差があった。

こんな者たちを頭にして、商いをしてゆくのか。そう考えると、気が滅入る。しかしここにいる限り、どうしようもなかった。

それから三日後、下り酒問屋仲間の寄合いが坂口屋であると知らされた。売り上げを増やすための催しの件だ。案を練っておくということで、前回はお開きになった。

それについて話を詰めるのが、今日の目的だった。事は急がなくてはならない。この日も、市郎兵衛と卯吉が顔を出す。

店を出る前に、卯吉は茂助が宿泊している旅籠《はたご》を訪ねて相談した。寄合いでは、案を出さなくてはならない。否決をされるにしても、言い出したのは卯吉だった。

「何も浮かびませんでした」

とは言えない。

あれからあれこれ考えたが、妙案が浮かばない。江戸で売る話ですとして問いかけた。

「それは、おまえが考えることだ」

とは言ったが、それでも首を傾《かし》げて思案するふうを見せた。

「人が食べていて旨そうだと思ったら、自分も食べたいと考える」

「そりゃあそうです」

「旨そうに飲んでいる姿を見れば、飲みたくなるのではないか」

そこまで言って、見つめ返された。それ以上のことは言わないので、卯吉は自分で考えるしかなかった。

卯吉が歩いている場所は、新堀川河岸だった。武蔵屋に帰るには遠回りになるが、今津屋の前を通ることにした。

幸いなことに、店の前にお結衣が立って船頭と話をしていた。お結衣ならば、もっと知恵を借りられるのではないか、と期待した。何も出なくても、話をすれば、気持ちの整理ができると思った。

お結衣の傍にいるのは、それだけで楽しい。相談事があるわけだから、堂々と近付ける。

「いやあ、困っています」

「まあ、何でしょう」

嫌な顔をしないで、お結衣は向き合った。小首を傾げて、話を聞こうとしていた。相談に乗ってくれる気らしかった。卯吉は、下り酒問屋仲間が行う催しについて何か案はないだろうかと問いかけた。

「お酒ですから、飲んでもらうのが一番ではないですか」

「それはそうです」

「でもただ飲んでいる姿を見せるだけでは、面白くありませんね」

お結衣は、はっきりとした何かがあって口にしているのではない。頭に浮かんだことを口にしている。しかしそれが、大事だと思って卯吉は次の言葉を待つ。

「おいしそうに飲む姿を、見せたいところです。それも催しがすぐに終わっては、見ていた人の頭に残りません」

「おいしそうに飲む姿を、長く見させるわけですね。しかし見ているだけでは、飽きますね」

「ならば競争をさせてはどうでしょう」

お結衣は目を輝かせた。

「どんな競争でしょう」

卯吉もいい考えだと思うが、具体的な案になっていない。

「そうですねえ」

具体的な案はない。さらに練る必要がありそうだった。しかしお結衣の意見は参考になった。もう少しで、見つかりそうな気がした。

「ありがとうございます」

「楽しい催しが出来たらいいですね」

そう言ってくれた。

夕刻になり、卯吉は市郎兵衛と寄合いのある坂口屋へ行った。旦那衆が、次々にやって来た。

床の間を背にして座った吉右衛門が、声を発した。

「問屋仲間がする催しについて、どのような案が浮かんだでしょうか。遠慮なく声を上げていただきたく存じます。皆さんで揉んで、より効果のある催しにしようではありませんか」

居合わせた者たちは、すぐには声を上げない。一様に、周囲を見回した。

最初に声を上げたのは、筑紫屋《つくしや》の主人だった。天神《てんじん》という酒を売り出そうとしていた。

「相撲取りを呼んで、大酒を飲ませたらどうでしょう。その姿を見物させます」

妙案だと思っているわけではなさそうだが、口を切ったのだ。

「悪くはないが、ただ飲むだけでは、すぐに飽きてしまうのではないでしょうか」

「売りたいだけの催しに、見えます」

という意見が出た。身銭を切ってでも、飲みたいと思わせなければならない。

「相撲取りが大酒を飲むのは、あたりまえでしょう」

という声を聞いて、卯吉は閃いた。そうしたら、口から言葉が出ていた。

「一刻とか一刻半とか、定まった刻限の中で、人がどれほど飲めるか、競わせたらいかがでしょうか。一番になった者には景品を与えます」

すべての者が、卯吉に目を向けている。

「大酒の合戦ですな」

「そうです。しかし相撲取りは出しません。どこにでもいそうな、町の者を出します」

「なるほど、思いがけない者が大酒を飲む。だから面白いわけですな」

最初に同意の声を上げたのは、津久井屋清兵衛だった。豊響《とよひびき》という酒を売ろうとしている。

「ええ、評判になりますよ。どこの酒を飲む誰が一番か、当てさせたら盛り上がるのではないですか」

伊勢屋《いせや》の主人は、もうやると決めたような口ぶりで言った。嵐雪《らんせつ》と雷《かみなり》という酒を中心に扱っている。

「いや。それでどれほどの売り上げが、見込めるのでしょうか」

市郎兵衛が反対した。卯吉の意見が通りそうで、面白くないからだ。

「私は、行けると思いますね。大酒の合戦は、何年も前にもなりますが行われたことがあります。あのときは、ずいぶん評判になりました」

「ええ。競争をさせて、景品を出すのは面白いですよ。しかも見ている者にも当てさせたならば、気持ちが入ります」

河内屋の言葉に、相模屋が続けた。二人とも、乗り気になっている。市郎兵衛の他に、反対をする者はいなかった。

「ならば、大酒の合戦をいたしましょう」

吉右衛門が言った。一同が頷いた。市郎兵衛は不満そうな面持ちだが、それ以上何かを言うわけではなかった。

そこで実施に当たって、具体的な話し合いに入った。

目的は下り酒の旨さを広く知らせ、これまでに飲んだことのない者を客にする。下り酒問屋仲間が、運営とかかった経費を負担するというものだ。参加しない問屋があっても、それはかまわない。場所は酒問屋の産土《うぶすな》新川大神宮の境内とした。鳥居が新川河岸に面してあり、広い敷地があるので、大勢の見物人を呼べるという利点があった。

「実施は、そう先延ばししないで早めにやりましょう」

どこも在庫は、少しでも早く減らしたい。

「ならば五月朔日はどうでしょう。まだ半月以上あります。それだけあれば、周知ができますし、こちらの支度もできます」

ここまでくると、ぽんぽんと内容が決まってゆく。

参加の各問屋は、初穂の四斗樽を奉納する。これは売りたい酒だ。奉納した酒を、各問屋が選んだ大酒呑みが、昼四つ半から昼八つまでの一刻半（三時間）にどれだけ飲めるかを競う。酒肴は塩、カラスミ、梅干しのみ。一軒の問屋から出せる酒は二種類までで、飲み手も二人までとした。

「こうなると、勝てる者を捜さなくてはなりませんな」

「いや、まったく。負けられません」

すでに旦那衆の間で盛り上がっていた。

飲み手は、町人や武家、百姓や僧侶など誰でもいい。ただ力士だけは外すことにした。参加できるのは、五日前までに届け出た者のみ。代役は不可となった。

さらに細かいことが決められた。

勝負中の小便は可だが、吐いた場合は失格。終了後、飲んだ量が多くても、立ち上がれない者は失格。途中で寝てしまった者も失格とすることにした。昼八つの鐘が鳴って終了だ。

「賞品は、どうしましょうか」

あれこれ話し合い、飲んだものと同じ銘柄の四斗の酒と三両に決まった。この費用も、問屋仲間が出す。上位入賞した酒は翌日に、神輿《みこし》のように担ぎ上げて、江戸市中を練り歩く。

提案があった、町の者に酒を当てさせることも行う。当たった者の中から抽選で、一名にその酒一樽を与える。

「練り歩いた後で、新川大神宮で神官にその籤《くじ》を引いてもらいましょう」

「酒飲みは、夢中になりますよ」

「人が集まりますね」

さらに催しに関わる役割分担も行った。大酒の合戦に向けて、問屋仲間が動き出したのである。

第二章　三升を飲む

一

「まったく馬鹿げた話だ。私は知りませんよ」

武蔵屋へ戻った市郎兵衛は、吐き捨てるように言った。問屋仲間の寄合いで決まった大酒の合戦について、お丹や乙兵衛、巳之助に話した。憤懣《ふんまん》やるかたないといった口ぶりだった。寄合いの席では、大勢に流されたという不満もあるようだ。

「あんな催しを考えたやつは目立ちたいだけのお調子者で、思慮というものがない。品もない。その話に乗った旦那衆もどうかしている」

提案した卯吉を、非難していた。

「うちからは、酒を出すことはありませんよ」

とまで言い切った。乙兵衛や巳之助は、何も言わない。

お丹が、少しの間考えるふうを見せてから口を開いた。

「問屋仲間の多くが出すならば、うちが知らんぷりをするわけにはいかないでしょう。どうです、乙兵衛さん」

こんなときには同意を求める。

「さようですねえ」

乙兵衛は、そう返すしかない。

「ならば出すことにしましょう。二種類の酒で」

先代の市郎兵衛は、かつて下り酒問屋仲間の肝煎《きもい》りを務めた。その仲間でやる催しに、武蔵屋が加わらないのは、お丹の考えにはないようだ。また催しが、消費を煽《あお》る手立てになると考えたかもしれない。市郎兵衛も、あえて反対はしなかった。

しかし催しをするに当たっての分担については、お丹も市郎兵衛も何かをしようという気はないらしかった。

「やらなければならないことは、言い出した卯吉がおやり。仕事の合間にね」

と押し付けられた。仕事は、いつも通りにやれと告げている。

「合戦に出す酒と飲み手はどういたしましょうか」

乙兵衛が問いかけた。出す以上は、売りたい酒でなくてはならない。黙っていてもそれなりに売れる稲飛の必要はない。在庫も捌《は》けていた。

「一つは灘桜でいいでしょう。もう一つは……」

四千樽も仕入れた灘桜は、当然だろう。この売れ行きは、店の命運を左右する。問題はもう一つだ。

「福泉でよろしいですか」

卯吉が言った。押し付けられた、売りにくい酒だ。お丹は、やや迷うふうを見せてから応じた。

「いいよ。でもね。おまえが受け持った福泉が勝てなかったら、今度こそ出て行ってもらうよ」

「そうだ。他にも売りたい酒がある。それをどかして、福泉を出すわけだからな。店にはいられない」

不参加を告げていた市郎兵衛が、しゃあしゃあと言った。何かあると「出て行け」が始まる。脅《おど》しではなく、本気で口にしていた。

「では、灘桜と福泉ですね」

乙兵衛が確認した。福泉で勝てるかどうかわからないが、ここで弱気なことは言っていられない。

「ならば灘桜は、私が受け持とう。左右吉、おまえも手伝え」

市郎兵衛が言った。左右吉は、感情を見せない顔で頷《うなず》いた。

「飲み手は、それぞれで捜すとしよう。誰を連れてくるかは、大きいよ」

最後に、お丹が言った。

三日後、卯吉は坂口屋の尚吉と、催しを伝える高札《こうさつ》を荷車に積んで、小僧に引かせて江戸の町を廻った。

高札は職人に作らせ、文字は達筆な問屋の番頭や手代が集まって書いた。日付や場所など、読めば概要が分かるようになっている。

出来上がった高札を、二人ずつの手代が手分けしてご府内の盛り場に立てに行く。まずは催しを知らせなくてはならない。すでに吉右衛門は町奉行所に、開催の届け出を済ませていた。

一人でも多くの者の言の葉に載せ、周知を図らなくてはならない。卯吉と尚吉は、道々話をした。

「酒の良し悪しもあるが、飲める者をどこまで探せるか。それで勝敗は決まるでしょうね」

尚吉は言った。

「大酒呑みならば、いくらでもいそうですが」

「並みの酒飲み酒好きではだめです。桁違いでないと」

「それは、どのくらいですか」

卯吉には見当もつかない。一刻半あれば、一升や二升はいけそうだ。それ以上、ということらしい。

「大酒の会は、文化十二年（一八一五）に千住《せんじゅ》宿で、それと十四年（一八一七）に両国柳橋《りょうごくやなぎばし》で行われています」

「それは聞いたことがあります。私が武蔵屋へ入る前ですね」

「うちの店で当時番頭だった人が、そのときの飲んだ量を書き残していました。そのときの一番は、下野《しもつけお》小山《やま》の左兵衛《さへえ》という人で、七升五合飲んだとあります」

「すごいですね」

これには仰天した。どれくらいの時をかけて行われたかは記載されていなかったが、とんでもない量であるのは明らかだった。

「それくらい飲めなければ、一番にはなれないわけですね」

初めに尚吉が「桁違い」と言ったわけを理解した。そして坂口屋にはそういう記録が残されていて、尚吉は事に当たってそれを調べて対処しようとしていることに気がついた。

自分は漠然と、大酒呑みを探せばいいと甘く見ていた。前の会は酒の問屋が催したのではないので、賞金はなかったらしい。しかしそれでも評判になったとか。

「両国柳橋の会では、もっとすごかった。本小田原町《ほんおだわらちょう》の堺屋忠蔵《さかいやちゅうぞう》という人は、三升入り杯を三杯飲みました」

「九升ですね」

これは魂消《たまげ》た。体が破裂してしまうのではないか。しかも堺屋なる人物が六十八歳だと聞いて、ため息が出た。

「しかしそれが一番ではなかったから驚きです。芝口《しばぐち》の鯉屋《こいや》利兵衛《りへえ》という三十歳が、三升入り杯を六杯半飲んでいた」

「ま、まさか。間違いではないですか」

二斗に近い量になる。人間業とは思えない。ただどれほどの時をかけたかの記載はなかった。

「記載を残した番頭さんはもう亡くなっていますが、あったことを勝手に書き換える人ではないらしい」

かつてあった大酒合戦の結果を踏まえれば、並みの飲み手では通用しないことが分かる。

「するとどこの問屋でも、一斗近く飲める者を探すわけですね」

「そうでしょう。気合が入りますよ」

大差をつけられて下位になれば、まずい酒として評判を落とす。しかし一番二番となれば、江戸っ子は大喜びをし、在庫が捌けることになる。無名の酒も売り出せる。

「では坂口屋さんでも、飲める人を探しているわけですね」

「それはそうです。出る以上は、念を入れて探します」

どうやって捜すか、すでに候補者はいるのか、そういうことは口にしなかった。坂口屋にとって武蔵屋は敵だ。

盛り場の隅に、穴を掘って高札を立てる。

「何だ。何があるんだ」

物見高い者が寄って来る。

「ほう。大酒の合戦か。こりゃあ、いくらでも飲めるぞ。おまけに一番になれば、賞品として酒だけでなく金ももらえるぞ」

いかにも酒好きらしい男が、目を輝かせていた。

「おれが、出てやる」

「いや、おれだ」

行商人ふうと職人ふうだった。どれほど飲めるのかと、訊いてみた。

「一刻半あれば、おれは一升五合はゆく」

「おれは、二升近くはゆくぞ。たぶん」

どこにでもいそうな、大酒飲みだ。これでは話にならない。

「しかし丁寧に探せば、必ず江戸のどこかにいるぞ」

と考えた。

他の場所へ移る。そこでも高札を立てていると、人が寄って来た。文字を読めない者は、寄って来て尋ねた。書かれている内容を説明してやった。

「そりゃあおもしれえ。酒を飲んで銭を貰えるのか」

興奮気味に話をしていた。

昌平橋《しょうへいばし》の袂《たもと》に高札を立てていると、読売《よみうり》売りが呼び声を挙げていた。

「霊岸島《れいがんじま》の新川《しんかわ》大神宮で、大酒の合戦がある。詳しいことが書かれているよ。さあ、買った買った」

通りがかりの者が、読売を買って行く。下り酒問屋仲間で、書かせた記事だ。尚吉が一枚買ってきた。

大騒ぎが好きそうな江戸っ子たちが、買ってゆく。

『どこの酒を　誰がどれほど呑めるのか』

『隠れたる酒豪は　どこの酒を呑み干すのか』

催しを煽る内容になっていた。

高札と読売だけではない。人が集まる湯屋や髪結床《かみゆいどこ》には、宣伝の引札《ひきふだ》を貼った。

二、三日すると、町のあちらこちらで、大酒の合戦が話題に上るようになった。

二

卯吉は、おたえへの算盤《そろばん》の指導は、毎日欠かさず続けていた。寅吉の艾屋《もぐさや》で、四半刻ほどの間だ。気兼ねなく使えるので、助かった。

おたえと寅吉の母親お春とは、いつの間にか仲良しになっていた。お春は駄菓子を用意していたりする。

繰り返し足し算や引き算の稽古《けいこ》をさせる。艾屋の売掛帖は、格好の練習の材料になった。売り上げを計算させる。また読み上げ算も、徐々に数字の桁や読み上げる速度を上げた。

真剣な表情で、おたえは算盤にかじりつく。

「ご明算。よくできているぞ」

頭をなでてやると、嬉《うれ》しそうな顔をする。おたえは、昨日はできなかったことが、今日はできるようになる喜びを味わった。好奇心がくすぐられるらしい。

卯吉には、教えがいがあった。

「おばあちゃんは、いそがしいの。いないことが多いから、その間はおけいこをしていられる」

おたえは言った。お丹はおたえをかまうことが少なくなり、神田松枝町《かんだまつがえちょう》のおゆみが生んだ市太郎のもとへ足を運ぶ。それは武蔵屋の奉公人たちも分かっていることだった。

「寂しくないか」

「ううん。そろばんがあるから」

おたえは、まだ事情が分からない。

「おっかさんは、どうしている」

小菊のことが気になるから、卯吉はさりげなく聞いた。手代という立場で見ていると、いつもと変わらない。

「おばあちゃんもおとっつぁんも、おっかさんとは、あまり話はしない」

それは前からだ。

「でもこの間は、夜に泣いていたの」

「ほう」

ちくりと、胸が痛んだ。

「それでどうしたのって聞いたら、ちょっとだけお腹がいたかったからって。でもおくすりをのんだから、もうだいじょうぶだって。だからよかった。またいたくなったら、かわいそう」

おたえは小菊を案じている。腹痛のために泣いていたのでないのは明らかだが、卯吉は黙って頷いた。

そして話題を変えた。

「もしかしたら、わたしとおっかさんは、武蔵屋を出るかもしれないって。ないしょだって、おっかさんは言ったけど」

「そうか」

具体的な話になっているのかどうかは、見当もつかない。ただ小菊は、胸にある思いを、おたえに漏らしたのだと推察した。

「そうなっても、そろばんをおしえてくれる」

不安げな眼差《まなざ》しで見つめてきた。

「もちろんだ。ずっと教えるさ」

愛おしい気持ちになって、また頭を撫でた。

「ありがとう。それならば、さびしくない」

おたえは返した。このやり取りは、卯吉の胸に残った。

日々の暮らしに心の動きを見せない小菊だが、胸の奥深くに悲しみがある。お丹と市郎兵衛に怒りがあるが、卯吉にはどうすることもできない。それがもどかしかった。

新川の河岸道を歩いていると、問屋の番頭や手代とすれ違うのはよくあることだ。卯吉は、顔見知りの伊勢屋の手代と出会った。この手代は、大酒の合戦の引札を持って、湯屋や髪結床を廻っていた。

「催しが、盛り上がっていますね」

「ええ、どんな酒が出るのかなど、いろいろ聞かれます」

まずまずといった顔で、卯吉の問いかけに答えた。伊勢屋では、雷と嵐雪という酒を出すはずだった。そして逆に問いかけてきた。

「上位に食い込めそうな飲み手は、見つかりましたか。うちはなかなかいなくて、困っています」

「いや、こちらも同じです」

事実なので、そう答えた。

「本当ですか。実は凄い飲み手を、すでに捉まえているんじゃないですか」

疑うような口ぶりをした。とはいえ、それ以上の詮索をしてきたわけではなかった。

卯吉は、乙兵衛に命じられた用事で芝浜松町《しばはままつちょう》の分家へ行った。次郎兵衛が店にいたが、終始、知らぬ顔をされた。手代の丑松に用件を伝えた。

その後で、表通りに出て立ち話をした。

「大酒の合戦は、このあたりでも評判だぞ」

丑松は言った。高札が立てられ、読売も出た。噂《うわさ》は口伝《くちづて》でも広がった。

「珍しく、市郎兵衛もその気になっているぞ。一昨日は、次郎兵衛のところへ、灘桜を飲ませる大酒呑みはいないかと聞きに来た」

それで四半刻、話しこんでいったという。どこの誰がどれだけ飲めるかは、商いというよりも、博奕《ばくち》に近いと感じている。飲ませてみなければ、分からないからだ。

「卯吉には負けたくない気持ちが、強いんだろう」

丑松は憎々し気に言った。

「商いじゃあ、太刀打ちできないからな」

と付け足した。

それを聞いて、卯吉は少し驚いた。市郎兵衛が、商人として自分に対抗意識を持っているなどとは考えたこともなかったからだ。妾腹《しょうふく》の三男坊を、ただ憎いだけの気持ちだと思っていた。

「それで福泉の飲み手は、決まったのか」

丑松は、気になっていたらしい。

「いや、適当な人がいません」

隠してもしょうがないから、正直に言った。すると丑松は、思いがけないことを口にした。

「ずいぶん前だが、大酒の合戦があった。そのときに上位になった者に声をかけてみてはどうか」

「なるほど。それならば堅いですね」

八升や九升を飲める者が、そういるとは思えない。当たってみる価値はありそうだった。

いい話を聞いたと感じて、卯吉は丑松と別れてから、芝口の鯉屋利兵衛を訪ねてみることにした。帰り道の途中でもあった。

自身番で、大酒合戦で一番になった人だと話して、住まいを聞いた。

「汐留川《しおどめがわ》に架かる難波橋《なんばばし》ぎわにある、船宿の旦那ですよ」

と教えられた。早速行く。吉原《よしわら》へ行くなど、人を乗せる舟が四艘《そう》あるだけの小さな船宿だ。出てきた女中に「旦那さんにお目にかかりたい」と丁寧に告げた。

「私が利兵衛ですが」

四十年配で、中肉中背だった。大酒呑みと聞いているから、相撲取りのように大柄な男かと思っていた。

「五月朔日に、霊岸島の新川大神宮で大酒の合戦があります。ご存知ですか」

「知っていますよ。評判ですから」

当然のように言った。卯吉は、霊岸島の酒問屋武蔵屋の者だと名乗ってから、その合戦に出てもらえないかと依頼した。

「いや、それはできませんね」

と即答された。そして続けた。

「私は、津久井屋さんの豊響を飲みます」

大酒の合戦があると決まった次の日に、津久井屋の番頭が訪ねて来たと言った。まだ高札を立てる前だ。

「そ、そうですか」

耳にした直後は仰天したが、考えてみれば不思議ではなかった。確実な人選だ。津久井屋らしい、素早い対応だとも思った。

「その後にも、頼みに来る人がありますが、体は一つしかありませんからね」

利兵衛はそう言った。金を弾むと告げた者もいたらしいが、断ったと言い足した。それなりの銭を、受け取っているのかもしれない。

どこの問屋も、目をつけるところは同じらしい。すでに大酒の合戦は、始まっていた。

三

「上位に入った他の飲み手にも、声がかかっているだろう」

とは思ったが、卯吉は念のために当たってみることにした。

本小田原町の堺屋忠蔵の家へ行った。日本橋川《にほんばしがわ》の北にある通りだ。ここも自身番で訊いて住まいは分かったが、残念な話を聞かされた。

「忠蔵さんは、五、六年も前に亡くなりましたよ」

流行り風邪を拗《こじ》らせたそうな。大酒合戦に出たときでも、すでに六十八歳だった。浴びるように呑んでいたら、いざとなれば脆いのかもしれない。

次は、両国の大会で、五升入りの丼鉢に一杯半飲んだという小石川《こいしかわ》の天掘屋《あまほりや》七右衛《しちえ》門《もん》という老人を訪ねた。しかし七右衛門翁はすでに八十歳を越していて、中風を患い酒の飲めない体になっていた。

次は浅草鳥越町《あさくさとりごえちょう》の三味線《しゃみせん》師匠で、天満屋《てんまや》五郎左衛門《ごろうざえもん》の女房おみよを訪ねた。元深川《ふかがわ》の芸者で、札差《ふださし》の五郎左衛門に身請けされた。千住の合戦で、一升五合を飲み杯を伏せた。しかし酔った気配は、微塵《みじん》も見せなかったと記録されていた。

「腰を据えて、本気で一刻半飲んだら、四升や五升は呑めるのではないか」

女だからといって、馬鹿にはしない。

おみよは四十歳になるかならないかの外見で、肌に艶のある女だった。鼻筋も通っていて、若い頃はさぞかし美人だったろうと思われた。

「私は河内屋さんの鶴寿《かくじゅ》を飲みます」

一昨日に、主人の弥左衛門が自らやって来たとか。寄合いの後で、卯吉に福泉売りに力を貸そうと言ってきた者だ。さすがに、目ざとい人物だった。

「千住のときは、遠慮をしたんですよ。一刻半あったら、七升や八升は間違いなくいけます」

もっと飲めると告げていた。

「他にも、声掛けをしてきた店はありますか」

「いや、あんたが二人目ですね」

惜しいところだった。他の問屋は、女だからと二の足を踏んだのかもしれない。しかし弥左衛門は、そういう考え方をしない者のようだ。柔軟で視野が広いとも感じた。

津久井屋清兵衛共々、強敵になりそうだ。

結局、尚吉から聞いていた九人に声掛けをして、亡くなったり飲めなくなったりした者を除く五人は、どこかの下り酒問屋の酒を呑むことが決まっていた。

「出る以上は、倒れるまで飲む」

「前ほどは、無理かもしれません」

反応はそれぞれだが、合戦に出て精いっぱい飲もうという者がすべてだった。相手は、猛者《もさ》ばかりだと感じた。

「もう決まったからと断っているのに、しつこく頼んでくるご主人がいて、難渋しました。銭を弾むから、決まったところを断って、店の酒を飲んでくれという話でして」

「どこの店ですか」

一応聞いておく。

「相模屋というお店です」

花扇を献上の酒にしようとしてしくじった店だ。あきらめさせるのに、手間がかかったとか。主人の平七も、必死なのだと推察した。

こうなると、新たな者を探さなくてはならない。ともあれ卯吉は、霊岸島に戻った。

「おやっ」

新川河岸に出ると、いつもと微妙に様子が違った。立ち止まって何だろうと見回して、ああと気がついた。普段見かけるのとは異なった気配を纏《まと》った者が、少なからず歩いている。それが町の景色に馴染《なじ》まない。

破落戸《ごろつき》ふうや浪人者、破戒僧とおぼしき者、人足や小商人といった様々な稼業の者で、どこか卑し気な面持ちだ。一人だけの者もあれば、数人でつるんでいる連中もあった。

居並ぶ問屋を、品定めしている。

その内の六、七人が、武蔵屋に入った。卯吉は店の外から、中を覗いた。

男たちに対応しているのは、左右吉だった。

「どうだ。おれが大酒の合戦で、ここの酒を飲んでやる」

「いや、おれの方が飲めるぞ」

「ありがたく思え。これで武蔵屋は大酒の合戦で一番だ」

どう見ても、合戦にかこつけて、ただ酒を飲みたい輩《やから》にしか見えない。高札を立てていたときにも同じことを告げてきた者がいたが、それよりも質《たち》が悪い。そもそも数が多かった。

「いえ、それはこちらで決めますので」

左右吉は丁寧に答えている。

「だからこちらが、役に立ってやろうと申しておるのだ」

男たちに、聞き入れる気持ちはない。目は嘗《な》めるように、積まれた酒樽に吸い付いていた。舌なめずりをしている者さえいる。

「まあ、ともあれ飲ませてみろ。四斗樽など、瞬く間に空けてみせるぞ」

「そうだ」

卑しさと数の多さが、気勢を上げさせている。

「その酒を持ってこい」

一人が、運ぼうとしていた四斗樽を指差した。何人かが、それに近寄った。

「開けちまえ」

こうなると、ただでは済まない。左右吉一人では、手に負えない。しかし帳場《ちょうば》格子の内側にいる乙兵衛や巳之助は知らんぷりをしている。

「おやめください」

樽と男たちの間に、卯吉が入った。

「これは、商いの酒でございます。お許しくださいまし」

まずは頭を下げた。

「うるせえ、飲ませろ」

相手は興奮している。店には酒のにおいが漂っている。このまま無理押しをすれば、酒にありつける。そういう勢いだ。

話して聞く状態ではなかった。

卯吉は、叔父《おじ》の茂助から棒術を習っている。天秤棒《てんびんぼう》さえあれば、剣術修行をした侍にも引けを取らない。しかし腕ずくで店から追い出すのは、ぎりぎりまで避けたかった。まっとうな商人がすることではないと思うからだ。

そしてついに、卯吉の胸倉を摑んだ者がいた。三十代半ばの、汗臭い人足ふうだ。

「おやめくださいまし」

卯吉は口だけは下手に出て、腕を捩《ね》じり上げた。遠慮はしない。相手は捉えられた腕を外そうとするが、身動きできない。痛みで顔を歪めた。

その体勢のまま、店の外に押し出した。

「このやろ」

男たちはいきり立った。店の外に出て、腕を捩じり上げている卯吉を囲んだ。中には、懐《ふところ》の匕首《あいくち》を抜いた者もいた。

相手は七人だ。匕首を抜いた者に対して、腕を摑んでいる男の体を盾にした。黙って刺されるつもりはない。左右吉は敷居の外に出てはいたが、助勢に入る気配はなかった。

「くたばれ」

脇にいた、一番年若の者が躍《おど》りかかってきた。そこに向けて、腕を握っていた男の体をぶつけた。手を離したところで、匕首の男の傍へ跳んだ。柄《つか》を握っている手首を摑んだ。

「やっ」

声を上げて腕を捩じると、匕首が宙に跳んだ。しかし他の男たちも黙っていなかった。卯吉の太ももにけりを入れてきた。ばしりと、まともに当たった。

体がぐらついた。他の男がいれた拳《こぶし》が、卯吉の腹に入った。一対七の状態だ。たとえ何人いても、せめて箒《ほうき》のようなものでもあれば対処ができるが、素手のままだった。

さらに脇から拳が飛んできたが、その腕を下から棒のようなものでしゃくりあげた者がいた。

「破落戸どもめ。捕えて町奉行所へ突き出すぞ」

そう叫んだのは、白い狩衣《かりぎぬ》姿の茂助だった。突き出した棒は、長い錫杖《しやくじよう》だった。

「うるせえ」

匕首を手に叫んだ男が、茂助に突きかかった。勢いのある動きだった。だが一瞬のうちに、錫杖が動いて匕首を跳ね飛ばしていた。同時に男は、足を払われて地べたに転がっていた。

「逃げろっ」

誰かが叫ぶと、男たちは散り散りになって逃げだした。しょせんは烏合の衆だった。

「怪我はないか」

「はい。助かりました」

卯吉は礼を言った。茂助が現れなかったら、追い払うのにもう少し手間取ったはずだった。

男たちがすっかり姿を消したところで、定町廻り同心の田所紋太夫が現れた。

「おお、何だ。逃げ出した後か。わしが現れると分かって、怯《おび》えたわけだな」

そしてがははと笑った。これはいつものことだ。近くにいても、騒ぎが治まるまでは、顔を出さない。

「これはこれは、おおいに助かりました」

姿を見せたお丹が、田所の袂におひねりを落とし込んだ。

四

「ああいう輩は、現れると思ったぞ。様子を見に来たら、案の定騒ぎを起こしておった」

田所は引き上げ、お丹も店に入った。二人は卯吉にも茂助にも目を向けなかった。左右吉の姿も、いつの間にかなくなっていた。茂助はそれを気にするふうもなく言っている。

「困ったものです」

「厄介な話だ」

他の問屋にも、同じような者が現れていると茂助は続けた。

今は騒ぎの直後で不審な者の姿はないが、河岸道に出たばかりのときの気配を、卯吉は思い出した。

「用心棒を雇う店も出てくるだろうが、商家としては、穏便に帰らせたいところだな」

　怪我でもさせて悪評が立ったら、催し自体が損失の材料になる。商人として、算盤に合わない。

「しかし下り酒をたらふく飲めると考えて、ああいう連中がこれからも新川河岸に現れるでしょうね」

　酒を楽しむ者もいれば、酒にいじましい者もいる。酒商いをする以上、酒飲みの気持ちには関心を持って過ごせと、亡くなった吉之助には言われていた。

「しかしあやつらは、ただ酒を飲もうとしているだけだ」

「まことに」

　ここで茂助は、話題を変えた。

「大酒を飲めそうな者は見つかったか」

「いえ、それが」

　今はこれが、一番の問題になっている。前の大酒の合戦で上位になった者を当たった結果を伝えた。

「まあ、そんなところだろう」

　茂助は驚きもしなかった。新たに探すしかないとしたところで、思いがけないことを口にした。

「しかし今のどうしようもない連中の中に、ひょっとしたら一人か二人、本当に飲める者がいるかもしれぬぞ」

「そうでしょうか」

「いじましい者はな、どこまでもいじましい。その欲といじましさが、酒を飲み続けさせるかもしれぬではないか」

ここはその人物が立派かどうか、善人であるかないかは問題ではない。大量に飲めるかどうかだけならば、試してみる価値があるという考えだった。

話している意味は分かるが、疑問も残る。

「しかしそれをしたら、酒はいくら用意をしても足りません。何百人、何千人と集まります」

「おまえは愚かだな。だからそうさせない手立てを、考えるのではないか」

茂助はさらっと言った。

「どうすればいいのでしょう」

「死ぬほど考えろ」

茂助は言い残すと、立ち去ってしまった。茂助はある程度まで助言をしてくれるが、途中で突き放す。

卯吉はそれから仕事の間中考えたが、妙案が浮かばなかった。時折手を止めて考え込んだ。お陰で手間取り、夕食は最後の一人になった。

この日は、皿の二尾の目刺しは無事だった。食べ始めたところで、小菊がやって来た。

「お召し上がりください」

といって差し出したのは、卵焼きだった。ふっくらと焼けている。

「おたえは、算盤の稽古を楽しみにしています」

と付け足した。卵焼きは、その礼なのだと解釈した。ならば遠慮なくいただくが、小菊が抱えている不幸を考えると、胸が痛かった。

「ありがとうございます」

そう告げたところで、卯吉は大酒の飲み手探しについて、知恵を借りようかと考えた。話をしたい気持ちもあった。

小菊は武蔵屋では地味に暮らしているが、いざというときに気働きができる人なのは分かっていた。卯吉の代わりに、苦情を言いに来る客の対応をしてもらったことがあった。聞くべき苦情には耳を傾けるが、こちらの事情を伝えて分かってもらう。自尊心ばかりが強いお丹や市郎兵衛よりも、はるかに有能だった。

卯吉は大酒合戦の概要と、茂助から告げられた宿題を話した。小菊はしばし考えてから、口を開いた。

「飲みたい人には、自分のお足で飲んでいただけばよろしいのでは」

「…………」

卑しい呑兵衛《のんべえ》は、ただ酒だから飲みたいのだ。自腹を切ってまで、高価な下り酒を飲みたいとは思わない。安価な地回り酒でいいのだ。

小菊には、市井の呑兵衛の気持ちは分からないようだ。しかし小菊が言おうとしたのは、それだけではなかった。

「半刻で三升くらい飲めなければ、合戦では役に立ちません」

「それはそうです」

小菊は、かつてあった大酒の合戦の結果を知っているらしい。

「三升以上飲めたら、代金はいただかない。でも三升飲めなかったら、その代金をいただくとします」

「なるほど。自信のない者や、ただ酒を飲みたいだけの者は、それで引きますね」

「はい」

卯吉は、小菊が呑兵衛の気持ちが分からないと評した己《おのれ》を恥じた。

「一番飲めた人が、それなりの量になっていたら、使えばいいわけですね」

「はい」

余計なことは言わないで、それで小菊は台所から出て行った。

小菊は賢い。その賢さを出さないで、武蔵屋で暮らしている。お丹や市郎兵衛の目は節穴だと思った。肝心なところを見ていない。

そして二人は、自分のことも分かっていないと卯吉は考えた。追い出さずに置いておけば、役に立つ。けれどもそれは、口に出してはいけない。いや、思うだけでもいけないと、己に言い聞かせた。

頭に浮かんだのは、実父の市郎兵衛と大番頭吉之助の顔だった。

五

翌朝卯吉は、小菊から聞いた話を踏まえて、飲み手を探す企《たくら》みをお丹や市郎兵衛に伝えた。催しまで、限られた日にちしかない。手っ取り早い手段だと訴えた。

お丹と市郎兵衛は、不快な表情を崩さなかったが、最後まで話を聞いた。市郎兵衛と左右吉が灘桜の飲み手を探しているが、まだ決まっていない。卯吉に伝えてはこないが、様子を見ていれば分かった。

「ぼやぼやするな。さっさと探せ」

市郎兵衛が左右吉を叱りつけていた。自分も探しているが、これぞという者が見つからない。それは左右吉も同じはずだが、他人には厳しい。

「馬鹿げた考えだ。三升以上を飲んだ者からは代を取らないなど、金を溝《どぶ》に捨てるようなものだ。そもそもそんな無駄な酒は、武蔵屋には一滴もない」

怒ったように市郎兵衛は言った。

ではどうやって探すのか、その先の考えはない。卯吉の提案だから、気に入らない。しかしお丹の反応はやや違った。

「やりたいならば、やればいい。うちは小売りはしないけど、売れるならば損にはならない。でもね、三升以上飲んだ人の酒代は、おまえがお出し。おまえが勝手にすることだからね」

給金から引くと言った。

「ああ、それならばかまわない」

市郎兵衛も応じた。

卯吉がする提案を、気持ちよく受け入れたことなど一度もない。しかしやることが認められたのならば、それで充分だった。乙兵衛や巳之助も、傍らでやり取りを聞いている。

半刻で三升を飲める者がどれだけいるか。飲むだけではない。最後には自分の足で、立ち上がらなくてはならなかった。

「ただこれは、一人だけではできないぞ」

と卯吉は考えている。どこまでやれるかは分からない。集まる人数についても見当がつかないし、三升以上を飲む者が十人以上もいたら、懐が苦しい。

そこで何軒かに、声をかけてみることにした。飲み手が決まらない店は、まだたくさんあるはずだった。

どこへ行くかを考えて、卯吉がまず行ったのは坂口屋だった。やり手の吉右衛門だから、すでに飲み手の手当てはしていると思われる。しかし仲間に加わってもらえるならば、加わる問屋や集まる飲み手の数は増えるはずだった。

すぐに会ってくれた吉右衛門は、卯吉の話を真剣に聞いてくれた。

「試し飲みをさせるわけですね。面白い、一口乗りましょう」

即答してくれた。すでに一人は見当をつけているが、候補者は多い方がいいと付け足した。

吉右衛門は、今回の催しを勧める立場にある。だからただ酒を飲みたいだけの卑しい者の横行については、苦々しく感じていた。

「これらを排除するにも、よい案です。そんなに飲めるならば、まずは己の銭でどうぞ、と言えますからね」

「はい。そう言いたいです」

「他の問屋にも声をかけてみましょう」

とも言ってくれた。

飲ませる銘柄は、下り酒とはいっても同じではない。売価も違う。

「値が違っては、飲もうとする酒に偏りが出るかもしれません。どれを飲んでも、同じ値にしましょう」

「はい。一升が二百文でどうでしょうか」

卯吉が提案した。下り酒の、一升の小売価格の平均は、二百五十文ほどになる。それよりもやや安めにした。一升ずつ買わせて、三升飲み終えた者には返金をする。

「それでいいでしょう。飲んだ後で金がないでは、面倒です」

捨てたり吐いたりする者がないように小僧に見張らせる、なども打ち合わせた。試し飲みの期日は三日後、坂口屋の空き倉庫で行う。

一通りの打ち合わせを済ませたところで、吉右衛門から問われた。

「試し飲みをしようと考えたのは、卯吉さんですか」

「違います。どうしようかと困っていて、小菊さんに話しました」

「小菊が考えたわけですね」

「そうです」

吉右衛門は、腕組みをして考え込んだ。その中身は分からないが、試し飲みに関するものではないと感じた。

市郎兵衛が囲っているおゆみは、男児を生んだ。確かめてはいないが、吉右衛門はそれを知っているだろう。

ややしてから、問われた。

「合戦に出る者を選ぶにあたって、卯吉さんはなぜ小菊に話をしたのでしょうか」

じっと見詰められて、卯吉は返答に困った。

小菊が置かれている立場や、おたえの心。卯吉自身の思い。それらが混じり合っている。母子に対する同情とは、似て非なるものだ。居ても居なくてもいい者。おたえはともかく、小菊は武蔵屋の者ではあっても愛されてはいない。それでも武蔵屋を支えるために、日々を過ごしている。

卯吉自身の境遇と似ていた。

吉右衛門は好意的に接してくれてはいるが、今の己の心の内を細かに伝えるほどの関係になっているとは感じなかった。

「小菊さんは、賢い方です。お知恵を借りたいと思いました」

悩んだ末、それだけ口にした。胸にあることの、何分の一も伝えていない。

「小菊は、武蔵屋の役に立ちたいと考えたのでしょうか。それとも、卯吉さんの役に立とうとしたのでしょうか」

「………………」

返答のしようがない。そういう考え方は、今まで一度もしたことがなかった。

六

卯吉が店に戻ると、店に分家の次郎兵衛が来ていた。店奥の帳場で、お丹と市郎兵衛、そして乙兵衛の四人が話をしている。店の土間では、左右吉が小僧を使って、展示している樽の並べ替えを行っていた。

売れる品、売りたい品を客の目につくところに置く。灘桜が一番目につく場所で、福泉は店の隅にあった。

「武蔵屋もいろいろあったけど、少しずつ持ち直してきた。灘桜が奪われそうになったときに、取り返してきたのは市郎兵衛だった。次郎兵衛が旗本の御用達になれるって騙されそうになったときだって、力を貸した」

「ええ、助けてもらいました」

お丹の言葉に、次郎兵衛が相槌を打った。次郎兵衛にとっては愉快な話題ではないが、多額の援助を受けているから、逆らわない。今日もろくな用事で来たのではなかろうと、見当がつく。

「いやいや、主人として当然のことをしただけですよ」

市郎兵衛はお丹の言葉に、照れくさそうに応じる。

下降線をたどってきた武蔵屋の商いが、灘桜と稲飛が売れて持ち直してきた。それは間違いないが、お丹はその第一の功労者が市郎兵衛だと、話しているのだった。

奪われかけた灘桜を取り返したのは卯吉で、市郎兵衛は最後の引取りに行っただけだ。分家の不始末を処理したのも卯吉と丑松である。

「そうですねえ、まったく」

乙兵衛は何を言われても、逆らわない。

卯吉はそれを耳にしても、今さら腹も立たなかった。お丹は、市郎兵衛が武蔵屋の主であることを、事あるたびに口にする。折々伝えていないと、落ち着かない。そういう不安な気持ちがあるのかと、今日は思った。

土間にいる左右吉や小僧たちの耳にも、このやり取りは入っているはずだった。しかし皆が無表情のまま仕事を続けていた。

市郎兵衛が無能なのは分かっているはずだが、左右吉は下で働いている。それについて、どう感じているのか、話をしたことはなかった。

秩父《ちちぶ》から出てきて、武蔵屋に奉公をした二十二歳である。手代としては卯吉よりも先輩だ。吉之助の指図を受けていたわけだから、商いについてのいろいろは踏まえている。商品の扱い方は、しっかりしていた。客廻りをするにあたっても、基本になることは外さない。

何人かの先輩の手代は、武蔵屋に見切りをつけて辞めていった。しかし今のところは、そういう動きを見せていなかった。

武蔵屋のこれからについて、どう考えているかは分からない。機会があれば、他の店の番頭あたりになって移りたい。そういう野心はあるかもしれなかった。

　卯吉に対しては、吉之助が存命の間は仲間の奉公人といった態度だった。しかし吉之助が亡くなって、お丹と市郎兵衛が店を動かすようになって、徐々に様子が変わった。主人が疎んじる者には、冷ややかに当たる。そういう気質だと知った。

　しかし吉之助が亡くなって態度が変わったのは、左右吉だけではなかった。他のほとんどがそうだ。変わらなかったのは、小菊と丑松、それに亡くなった朋輩《ほうばい》の定吉《さだきち》という手代だけだった。

　左右吉は、残っている手代と親しくしているわけでもなかった。与えられた役目を淡々とこなしてゆく。破落戸たちに「飲ませろ」と迫られていたのを救ったのは卯吉だが、礼の言葉は一言もなかった。

　そしてこの日も、五、六人の破落戸たちが「飲ませろ」とやって来た。しつこい連中だ。どこの店も、一度飲ませたならば後を引くと分かっているから、譲らない。ときには同心の田所を呼んで追い返すが、そういう連中は次から次へと現れ出てくる。

　店の土間にいたのは左右吉だったが、卯吉に目を向けて顎をしゃくった。おまえが相手をしろという合図だった。面倒なことを押し付けるのは、市郎兵衛だけではない。

「大酒の合戦に、お力添えをいただけるわけでございますね」

卯吉は、一応丁寧な応対をする。

「もちろんだ。ありがたいと思え」

「なるほど。それで皆さまは、どれくらいお飲みになれるのでございましょうか」

「五升は軽いぞ」

「おれは七升だ。疑うならば、飲ませてみろ」

「そうだ。今すぐでもよいぞ」

皆が、出まかせを口にする。

「なるほど。頼もしい方々でございますね」

「あたりまえだ」

「心強いばかりです。三日後に、試し飲みを坂口屋さんの倉庫で行います。ぜひそれに、お集まりくださいませ」

ひと際愛想よく言った。そして続けた。

「ですが私どもでは、半刻に三升以上飲めない方は、いりません」

ここはきっぱりと言った。破落戸たちは、顔を見合わせた。

「試し飲みをしていただきますが、半刻で三升以上飲めない方からは、お酒のお代をいただきます。それ以上飲めた方からは、お代はいただきません」

「いくらだ」

「一升につき、二百文でございます」

「た、高いぞ」

「下り物の、灘《なだ》の銘酒でございます」

動揺する男たちに、卯吉は胸を張った。念を押すように告げた。

「それでも、だいぶ割安にしています。小売り酒屋へ行って、お確かめくださいませ」

「ううむ」

ただ酒を飲みたいだけの連中だ。ほとんどの者が怯《ひる》みを見せた。

「おれは飲めるぞ」

一人だけ、そう言った者がいた。顔が酒焼けをした人足ふうだ。

「ならばぜひ、お越しくださいませ」

「しかし銭がな」

ためらいを見せた。

「何を言いやがる。てめえは今、三升以上飲めると言ったじゃねえか」

「だったら、銭について気にすることはあるめえ」

誰かが言って、それに応じる者がいた。

「でもよ」

躊躇《ためら》っている。もし飲めなかったらと考えている。人足の手間賃は、運ぶ品や数などによって違うが、百文程度が少なくない。三升の六百文は、大金だ。

「前金でいただきますので、ご用意ください。三升飲み終えたところで、お返しいたします」

と笑顔で伝えた。飲んだ後で銭がないとは、言わせないぞと知らせたのだ。

男たちは、それで引き上げていった。

次に現れた者にも、そういう応対をした。さすがに、それでも飲ませろという者は現れなかった。

吉右衛門が口利きをしたからか、試し飲みに加わりたいという問屋が、徐々に名乗りを挙げてきた。また試し飲みがあることが、町の者たちにも知られていった。

試し飲みが有料だと知れ渡ったからか、その日の夕刻頃には、「飲ませろ」と絡んでくる者がなくなった。

「卯吉さんのお陰で、助かりましたよ」

武蔵屋の者は何も言わないが、他の店の番頭や手代には感謝をされた。

顧客へ行った帰り、卯吉は今津屋へ寄った。すると姿を現したお結衣が、すぐに話題にした。

「試し飲みの件は、霊岸島やその周辺で評判ですよ」

「それは、ありがたいことです」

顧客廻りをしていても、それは実感していた。

「よく思いつきましたね。卯吉さんのお考えですか」

褒める気配が口ぶりにある。お結衣に褒められるのは、何であっても嬉しい。

「ま、まあ」

小菊の案だが、広まってしまうと困るかもしれないので、吉右衛門にしか伝えていなかった。

「飲める人が集まればいいですね」

この段階で、試し飲みに加わるとした問屋は九軒になっていた。

「私、お手伝いに参ります」

お結衣はそう言ってくれた。自分への好意だと思いたいが、卯吉はそこまでうぬぼれてはいない。

下り酒問屋の多くが、今津屋の樽廻船《たるかいせん》を使っている。それを踏まえた上のことだと受け取った。ただそれでも、お結衣と関われると考えれば、心が躍る。

七

試し飲みの日になった。卯吉は左右吉と共に、福泉と灘桜一樽ずつを荷車に積んで、坂口屋の空き倉庫へ運んだ。次々に、銘柄の違う酒樽が運ばれてくる。

「見事な眺めじゃあないか」

寅吉が言った。不正の見張りをしてもらうために、吉右衛門が依頼をしていた。

十三の問屋から、十六の銘柄が集まっている。一樽分の飲み手が決まっている店では、運んでくるのは一銘柄だけだ。また一銘柄で二人を出すところもあるので、問屋の数と銘柄の数は揃ってはいない。

両国の大酒合戦で一番になった鯉屋利兵衛が出る津久井屋は、試し飲みに加わっていない。千住の大酒合戦で不気味な結果を出した天満屋のおみよは、河内屋から出ると聞いていたが、試し飲みには出ない。河内屋が運び込んだのは、澤錦《さわにしき》だけだった。

坂口屋は灘誉《なだほまれ》、相模屋は花扇、他に筑紫屋の天神や伊勢屋の雷や嵐雪などが運び込まれた。

お結衣は、各店の小僧を使って、塩と水を用意した。

「助かります」

襷《たすき》掛けで小桶《こおけ》を運ぶ姿は両腕があらわになるので、卯吉には眩《まぶ》しかった。礼の言葉を口にするのがやっとだった。

わざと捨てたり、吐く者もいないとは限らないから、見張りの小僧もつけることになっている。

「段取りを調えることは、本番での催しの稽古になります」

倉庫の外には、徐々に人が集まってくる。出場する者だけでなく、野次馬も多数集まっている。

「どんなやつが、大酒をかっくらうのか」

「面《つら》を見てみたいねえ」

前評判を高める目的があるから、見物はさせる。けれども酒を飲む場には縄を張って、立ち入らせない。寅吉は十手を腰にして、縄を越える者のないように目を光らせる。

飲んだ計算をするための一升の徳利《とっくり》や枡《ます》は、すでに用意されている。卯吉と尚吉ら各店の担当の手代は、事前の支度《したく》を終えた。

九つ（午後零時）になって、倉庫の戸を開けた。参加する者の受付をはじめる。数人の小僧が、一刻前から並ばせていた。とはいっても、驚くほどの数ではなかった。ざっと見て、三十人ほどと思われた。

「銭を取るとなると、冷やかしの者は足踏みをするようですね」

尚吉が言った。

参加者は、六百文を握りしめてならんでいる。真剣な眼差しだ。

「家の卓袱台《ちゃぶだい》や米櫃《こめびつ》を質に入れて銭を拵《こしら》えたぞ」

「おれんとこは、飲めなかったら、かかあや子どもが飯を食えねえ」

そんなことを口にする者もいた。町人だけでなく、浪人ふうや勤番侍、僧侶の姿もあった。

銭を払った者は名と住まいと仕事を伝え、番号札を受取る。手代がそれを、紙に書きとる。そして飲みたい酒樽の前に移動する。あれこれ飲むことはできず、決めた一種類の酒しか飲めない。

当然、人気の酒とそうでない酒が出てくる。

「おりゃあ、こっちへ行くぜ」

本番に出られるのは、最大で二人だけだ。ならば人のいない酒を飲む方が、本番に出られる可能性は高い。こちらが何も言わなくても、移動する者が現れた。

合戦だから、飲みたい酒を選ぶのとは異なる。他の者の動きを見ながら、飲む酒を決めた。一つの樽に、二人から三人になった。

「思ったより、出るのは少ないですね」

最終的には、三十四人の参加だった。様子を見に来た茂助に、卯吉は言った。

「飲めなければ、六百文だからな。いじましいだけでは出られない」

そう言われてみると、「飲ませろ」と絡んできた者の顔は、ここでは見かけなかった。この中には、おみよとは別の女が一人交ざっていた。五十年配の芸者上がりでおトミといった。

「おれも出たかったぜ」

と言う野次馬がいたが、それは金を出さない見物人だから口にできる言葉だった。

「何しろ本番に出て、一番になったら、四斗樽だけでなく三両も手に入るわけだからな」

野次馬の誰かが言った。銭を払って出るすべての者の頭には、それがあるのは間違いない。

縄を張った外側には、人が溢れた。倉庫の外から様子を見る者も現れた。

すべての者が、酒樽の前に腰を下ろしたところで、尚吉が改めて要領を説明した。

「八つ半（午後三時）に飲み始め、夕七つ（午後四時）の鐘が鳴り始めたところで、終了とします。三升以上飲めても、それ以上の者がいたら合戦には出られません。お含みいただきます」

「おう」

という声が上がった。

この頃には河内屋弥左衛門や相模屋平七、津久井屋清兵衛など、各店の主人たちも顔を見せていた。試し飲みに酒を出さなかった店の主人も来ている。どのような結果になるのか、気になるらしかった。

どんどんと、かねて用意していた太鼓を卯吉が叩いた。これが始まりの合図だった。各樽には問屋の小僧がついて、枡で量りながら徳利に入れる。受取った出場者は、大ぶりな杯や茶碗、丼に注いだ。

一斉に飲み始める。一気に飲んでふうと息を吐く者、少しずつ、しかし休まずに飲む者など様々だ。酒問屋の主人や番頭などはもちろん、見物の者たちも息を吞んでその姿を見詰める。

勝負は半刻だから、ぼやぼやはしていられない。しかし無茶な飲み方をすれば、酔いはすぐに回ってしまう。そこの兼ね合いが難しそうだが、出た者たちには焦りもある。

いの一番に一升を空けたのは、駕籠《かご》舁《か》きをしている筑紫屋の天神を飲む者だった。四十代半ばの歳で、稲《いな》太《た》郎《ろう》という者だった。

「おおっ」

見物人たちは喚声を上げた。飲み始めてまだどれほども時が経っていない。そしてしばらくして、伊勢屋の雷を飲む六助《ろくすけ》という者が、一升を空けた。六助はすでに顔が真っ赤だ。

「あれは、もう限界ではないか」

茂助が言った。

このあたりで、一升を飲み干し二升目に入る者が続いた。

二升目も半分くらいを過ぎると、それまでの勢いがなくなって、見るからに苦しそうな者が現れた。大杯を持った手が、口元に向かわない。

しかし一向に飲む勢いが変わらない者もいる。天神の稲太郎や花扇を飲む丙助《へいすけ》という四十歳前後の男、それに灘誉を飲んでいる三十代前半の伊《い》原《はら》正兵衛《しょうべえ》という浪人者だった。

「おお」

初め勢いがよかった雷を飲んでいた六助が、口を押えて立ち上がった。納屋の外へ飛び出して、そこで戻した。

初め急いで飲んだ無理がたたったのである。六助はこれで失格で、二升分の四百文が取られることになる。

そして三升目に入る者が現れた。二升目まで勢いがよかった稲太郎の勢いが鈍って来た。嵐雪を飲む宗太《そうた》と福泉を飲む亀造《かめぞう》が、追い込んでいる。宗太と亀造は共に二十代半ばの歳で、宗太は湯屋の釜焚きで、亀造は屋台の蕎麦屋だと、出場申し込みの折には届けていた。

二升を飲み終えたところで、止める者が現れた。それ以上は無理と判断したらしい。三升目に入れば、飲めなくてもその分の代を払わなくてはならなくなるから、ここで止めるのは賢明だ。

さらに時が過ぎて、脱落する者が現れる。そんな中で、初めは目立たなかったが、着実に飲み続けている者が目立ってきた。

「おお、あの女凄いぞ。坊主もやるじゃあないか」

見物人の中の一人が言った。唯一の女の飲み手は、花扇を飲むおトミだ。杯を口に運ぶ動きが、初めとまったく変わらない。一番二番ではないが、淡々と飲んでいる。味わって飲んでいるようにさえ見えた。

そしてもう一人が、五十絡みの僧侶で河内屋の澤錦を飲む照達《しょうたつ》という者だった。これも慌てないが、休むこともなく飲み続けている。

最初に三升を空けたのは、嵐雪を飲む宗太だった。次が澤錦の照達で、灘誉の伊原正兵衛が僅差で続いた。やや遅れて、福泉の亀造と花扇のおトミという順番だった。花扇を飲んでいたもう一人の丙助は、三升を飲み終えたところで盃を置いた。

「あれはまだ飲めるが、手の内を見せぬために止めたのではないか」

丙助に目をやっていた茂助が言った。

ついに、七つを告げる鐘が鳴った。試し飲みは、その段階で終了になった。卯吉が終了を告げる太鼓を叩いた。

一番は嵐雪を飲んだ宗太だった。四升目を、半分近く開けていた。

「どうだ」

といった顔で立ち上がり、周囲を見回した。いかにも誇らしげな様子だった。勝気で傲慢な気質にも見えた。

この時点で、三升を飲み終えていたのは十五人だった。二番目が澤錦の照達だ。終わって立ち上がれない者も二人あった。

三升飲めた者には六百文が返されるが、参加者の半分以上の者は、飲んだ分の代金が取られた。

「銭が戻らない」

と声を上げる、泣き上戸もいた。

三升を飲み終えたにしても、見るからにやっとという者もいるし、表情が全く変わらない者もいた。

変わらないのは、福泉の亀造、嵐雪の宗太、灘誉の伊原正兵衛、澤錦の照達、花扇の丙助とおトミの他三人だった。灘桜を飲んだ者のうちの一人は三升を空けたが、見るからに無理をしていた。

「半刻で三升を飲むってえのは、てえへんだな」

「あたぼうよ。本番の合戦では、一刻半の長丁場になるからな。どんなことになるやら」

見物人たちの関心は、早くも本番の合戦に飛んでいた。

「誰でしょうね。本番の合戦でいけそうなのは」

卯吉は尚吉に問いかけた。

「三升飲んでも何ともない者たちは、まだ本気を出し切っていないかもしれない。またその日の体の具合もありますからね。誰が一番になるかは、ここまで見ただけでは分からないのでは」

茂助にも訊いてみた。

「今日は宗太が一番だった。ただあの者は、これからがきつそうだ」

「そうかもしれません」

卯吉も、それは感じた。

「いけそうなのは丙助と照達、それに亀造あたりか。浪人者の伊原は、ちと見当がつかない。顔には出ていないが、だいぶ酔っているのかもしれぬ」

福泉を飲んだ亀造が行けそうなのは、卯吉にとっては幸いだった。浜町堀界隈《はまちょうぼりかいわい》で、蕎麦の屋台店を商っている者だ。

「本番の合戦でも、頼みますよ」

卯吉は声をかけた。

「ええ、任せてください」

頼もしい言葉が、返って来た。卯吉にしてみれば、試し飲みをしたのは幸いだった。上位に入った者には、飲んだ酒の問屋の者が声掛けをしていた。全体では上位ながら、その酒で二番になった者には、一人も三升を飲める者が出なかった銘柄の問屋が声掛けをしていた。

届け出には、まだ数日ある。さらに他で探すと口にした問屋もあった。

第三章　夕刻の河岸《かし》

一

試し飲みが終わって、奉公人たちは倉庫内に張った縄を外し、中身の残った酒樽を持ち帰る。水を飲ませるための小桶《こおけ》や一升枡《ます》や徳利《とっくり》など、借りたものは返却する。この片付けに、お結衣と今津屋の見習い船頭も関わった。

「飲み手が決まって、よかったですね」

お結衣が、卯吉に言った。

「ええ、まあ」

卯吉は、満足の笑みが湧いたのが自分でも分かった。お結衣も、亀造が使えると思ったらしかった。たとえ一番でなくても、上位に食い込めば福泉の在庫は売りやすくなる。

「尽力した甲斐がありましたね」

試し飲みを企《くわだ》て、実施のために力を尽くしたのは卯吉だと分かっている。だからねぎらってくれたのだ。これは今津屋と武蔵屋の関係があるからではない。お結衣の自分への気持ちだから、卯吉は嬉《うれ》しかった。

よい飲み手が決まった問屋は、表情が明るい。満足のゆく結果を得た河内屋と相模屋は、さっさと引き上げた。

「相模屋さんは、ほくほくですね」

平七の後ろ姿に目をやりながら、お結衣は言った。丙助とおトミは、二人とも上位に食い込みそうだ。

「うちはこれから相談です」

三升を飲めた者がいても、やっとのことで苦し気な者は、使えそうにない。片付けを済ませると、卯吉は武蔵屋へ帰った。

店奥の帳場《ちょうば》では、お丹と市郎兵衛、乙兵衛と巳之助、それに左右吉が集まって話をしていた。試し飲みの場には、お丹と市郎兵衛も姿を見せていた。灘桜には三人の飲み手が現れたが、その様子を、渋い顔で見ていた。

三升飲めたのは、一人だけだった。その一人も、やっと空けたといった印象だった。

土間に入った卯吉に、お丹が目を向けた。

「こっちへおいで」

珍しく声がかかったが、ろくな話ではないだろうとの見当はついた。

「福泉を飲んだ亀造は、なかなかの飲み手のようだね」

「はあ」

何を言い出すのかと訝《いぶか》りながら続きを聞く。

「それで話し合ったが、亀造には灘桜を飲ませることにする」

「えっ」

覚えず声になった。何を言い出すのかという、反発の声でもあった。

試し飲みを企画し、運営に加わったのは卯吉だ。そして亀造は福泉を飲んだのだから、これを動かすのは尋常では考えられない。

そもそも市郎兵衛は、試し飲みを必要ないと言っていた。

「いや、福泉を飲んだ上でのことですから」

卯吉は反論した。

するとと市郎兵衛が、苛立《いらだ》たし気に口を開いた。

「福泉よりも、灘桜の方が飲みやすい。武蔵屋としては、たくさん飲める方を亀造に飲ませるのが筋ではないか」

「しかしそれは」

売れない福泉を、調子に乗って大量仕入れしたのは、市郎兵衛ではないかとの言葉が、卯吉の喉元まで出た。しかしそれを口にしても、市郎兵衛やお丹は逆上するだけだ。

挙句の果てには、「気に入らないならば、店を出て行け」となる。

「番頭さんは、どう思うね」

市郎兵衛は、乙兵衛の意見を求めた。

「旦那さんのおっしゃる通りです」

「左右吉は」

「その通りで」

卯吉に味方はいない。

試し飲みは正式な催しではないから、店と飲み手が納得すれば変更もありうる。飲み手の正式な届け出は合戦の五日前だから、もっと飲める者が現れたなら、そちらを選ぶことも可能だった。

　卯吉は唇を嚙み締めた。

　左右吉が、鼻で嗤《わら》った。

　こういうとき、卯吉は自分が武蔵屋に残る意味があるのかと考える。いっそ店が潰れて、こいつらは路頭に迷えばいい……、とさえ思うが、自分から店を投げ出すことはできない。

「自分の体に流れている血は、武蔵屋のものだ。本妻の子だけに流れているのではないぞ」

　と考える。

　自分を生んだ母親のおるいは、日陰の身として生涯を終えたが、その子どもは店を支えている。店を自分に託した父や母の思いだ。

　お丹や市郎兵衛らは、灘桜が上位に入ることを踏まえた上での、酒の売り方を検討し始めた。卯吉の返事は聞かない。

　翌日、卯吉が小売りの店を廻ると、すでに試し飲みの結果は伝わっていた。

「福泉によい飲み手ができて、よかったですね」

そんなことを言ってくれる番頭もいた。

「福泉が一番か二番になったら、うちもたっぷり仕入れさせてもらいますよ。売れるのは間違いなしですから」

現金なことを口にした。

しかし亀造は灘桜を飲む。いちいち説明するのは、武蔵屋の恥をさらすようなので、卯吉は聞き流した。

「こんな読売《よみうり》が出ていますよ」

と見せてくれた主人がいた。

『大酒の試し飲み　三升が瞬《また》く間に腹に納まり』

力士のような大男が、大杯で酒を飲む絵が添えられていた。そこには、試し飲みがあったことを記した上で、その結果を具体的に伝えていた。

一番に飲んだのが嵐雪の宗太で、三升以上飲んだ者の名まで添えられていた。運営に関わった卯吉が知らなかったことまで書かれている。

「よく、聞き込んだものですね」

卯吉は感心した。

しかし記事は、それだけではなかった。誰が一番になりそうか、予想を立てていた。おおかた茂助の予想と重なったが、微妙なずれもあった。

「ほう。一番の予想は、花扇を飲んだ丙助さんですか」

「近所に試し飲みを見に行った人がいて、その人もそれが一番だと話していました。三升飲み終えてから盃を置くなんて、誰にでもできるものではない。ゆとりがあるからだと見たようで」

そう受け取ったとしても、おかしくはない。丙助は霊岸島東湊町《れいがんじまひがしみなとちょう》に住まう者で、版木彫りをしている職人だとあった。

二番手が澤錦を飲んだ僧照達で、三番が福泉を飲んだ亀造だった。この通りになるかどうかは別にして、いい加減なことを書いているとは思えなかった。

ただ過去の大酒の合戦で結果を残した鯉屋利兵衛や天満屋おみよは出ていないので、これが加われば混沌とするだろうという書き方をしていた。

筋違御門《すじかいごもん》の南にある八つ小路に出ると、ここでも大酒の合戦にまつわる読売が売られていた。江戸有数の盛り場の一つだから、人の出も多い。瞬く間に売れてゆく様子だった。

「盛り上がっているな」

卯吉も、一枚買った。これが一番にしているのは、丙助だ。前の読売で二番だった照達と三番の亀造は、順位が逆になっていた。多少の順番は違っても、おおむねは同じだった。

『相模屋の二人はおそるべし』

一番や二番ではないが、花扇を飲む二人が上位にいる相模屋を評価する筆致で記事を結んでいた。相模屋は献上の祝酒でしくじっているから、今度は気合を入れている。丙助とおトミは、勝手に試し飲みに出たのではなく、平七がどこかから探してきて、腕試しをさせたのではないかと卯吉は感じていた。

卯吉自身は、せっかく探り当てた亀造を、市郎兵衛に取り上げられた。大会の期日が迫っているから、胸に焦りが湧いている。

早速、次の手立てを考えなくてはならない。

二

卯吉は小売りの店を廻った後で、日本橋大伝馬町《にほんばしおおでんまちよう》の太物屋大和屋を訪ねた。叔父《おじ》の勘十郎に面会を求めたのである。

大和屋はいつ行っても活気があり、繫昌《はんじよう》している。父の市郎兵衛や吉之助が存命だった頃の武蔵屋の様子と似ていた。

「大酒の合戦については、大いに評判になっているぞ」

勘十郎は大まかな点は知っていたが、卯吉は詳細を伝えた。試し飲みの結果と、亀造を市郎兵衛に奪われたことにも触れた。とはいっても、何とかしてほしいと泣きついたのではない。事実として話した。

「合戦が目指すものは、下り酒の販売が盛り上がることだ。一番にならなくても上位に入るだけで、福泉は売りやすくなる。心して飲み手を探せ」

勘十郎は言った。お丹が決めたことについて、勘十郎が口出しをするのはよほどのときだけだ。

「これを納めておけ」

試し飲みにかかった費用として、卯吉が持ち出した分を出してくれた。お丹は亀造が飲んだ酒の分を、卯吉から出させていた。

卯吉は、ありがたく受取った。本選の合戦に出る者を探すには、金がかかるかもしれないと思っている。

「お丹と市郎兵衛は、勝手が過ぎるな。商いがわずかながら好転してきた。それでいい気になっている」

苦々しい顔になった。ただそれは大酒の合戦に出る亀造を卯吉から奪った件についてだけではなかった。

ここから市郎兵衛が囲っているおゆみが、男児を生んだ話になった。

「お丹も市郎兵衛も、おゆみ母子を武蔵屋へ入れたいらしい」

親しい遠縁の者に、おゆみが話した。それが勘十郎に伝わった。勘十郎は反対するのが分かっているから、お丹はぎりぎりまで知らせないものと推察ができる。言いにくいことを、どさくさ紛れに伝えるやり方だ。

予想はしていたから、驚きはしない。ただそういう話を聞くと、胸に響くものはあった。

「それでな、実は昨日、坂口屋吉右衛門さんと話をした」

「さようで」

吉右衛門は黙っていないと思っていたが、やはりそうだった。

「もし小菊さんとおたえさんを店から出したら、もう武蔵屋の後ろ盾にはならないと話していた」

吉右衛門は、陰になり日向になりして、武蔵屋を支えてきた。低利の運営資金も貸しているとか。

しかし小菊母子を店から出してしまったら、もう守るいわれはなくなる。

「そうなったら、武蔵屋は潰れますね」

昨年から今年にかけて、わずかに商いは上向いた。しかし商いの先行きは見えていない。

「市郎兵衛は甘い。お丹は薄々感じているはずだが、孫可愛《かわい》さが先に立って、目が曇っているのだろう」

お丹は、おたえから算盤《そろばん》を取り上げた。おゆみ母子を、店に入れる腹があるからだ。お丹と市郎兵衛が、あくまでも我を通そうとするならば、武蔵屋は徐々に傾いてゆく。大酒の合戦で亀造が一番になっても、灘桜が売れるだけだ。

おだてに乗って気分で商いをしていたならば、三年で潰れる。卯吉がどれほど頑張っても、お丹や市郎兵衛が今のままでは、商いの衰えを止めることはできない。

そして勘十郎は、思いがけないことを口にした。

「吉右衛門さんは、市郎兵衛と小菊さんが離縁となっても、条件が整うならば、武蔵屋を続けて支えてもよいというお考えがある」

「条件とは」

そんなものがあるのかと魂消《たまげ》た。小菊に、多額の金子《きんす》でも与えろとでもいうのか……。もはやそんな財力は、武蔵屋にはない。

勘十郎は、小さな咳ばらいをしてから告げた。

「お丹と市郎兵衛を武蔵屋から出す。そして卯吉、おまえが小菊さんと一緒になって、跡を継ぐという話だ」

「いや、それは」

慌てた。心《しん》の臓《ぞう》が圧迫されて、痛くなった。息苦しいくらいだ。思いもつかない、あり得ない話だった。

先代市郎兵衛は「兄の市太郎を補佐して、武蔵屋を守れ」と言った。追い出せとは言っていない。

「おまえが、先代市郎兵衛の実子であることは間違いない。それは誰もが認めている」

お丹や市郎兵衛でも、卯吉を簡単には追い出せない。だからこそ、しくじりをさせた上で追い出そうとしていた。守ろうとしたが、できなかった。そういう体裁を取りたいのだ。

「吉右衛門さんは、小菊さんの養父という立場だけで口にしているのではない。おまえならば、店を立て直せると考えているからだ」

「…………」

「今の市郎兵衛に金を出すことは、溝《どぶ》に捨てるのと同じだ。しかしおまえならば、出した金を大きくできる」

商人の目で、武蔵屋や卯吉を見ているという話だった。さらに勘十郎は続けた。

「私も、吉右衛門さんの考えに同感だ。おまえは手代になって、商人としての目が養われてきた。武蔵屋を立て直すことができるだろう」

勘十郎は叔父としてだけでなく、商人としても自分を見てきてくれていた。それはありがたかった。

「しかし小菊さんは、どう考えるのでしょうか」

小菊とは、夫婦になるという話だ。想像もつかない展開といってよかった。問いかけるだけで、息苦しくなる。

「今度の試し飲みの件は、小菊さんの案だというではないか」

「そうです」

吉右衛門にだけは話した。それが伝わっている。

「小菊さんがそういう提案や助勢をするのは、心を許した者にだけだと吉右衛門さんは言った」

「ええっ」

いきなり胸を、どんと突かれた気がした。

吉右衛門から試し飲みは誰の案かと問われて、小菊からだと答えた。あのとき吉右衛門は、なにか考えるふうだったが、それを考えていたのかと、これにも驚いた。

「すぐの話ではないが、頭の隅に入れておけ」

勘十郎は言った。

受け入れがたい話だし、絵空事を聞いたようでもあった。しかし武蔵屋を潰さないためには、最善の策なのかもしれないと感じた。

心の臓が、大きく波打った。

三

大和屋を出た卯吉は、外神田《そとかんだ》の佐久間町《さくまちよう》へ行った。初老の下駄職人で、喜平《きへい》という試し飲みにやって来た者の一人を訪ねるつもりだった。広田屋《ひろたや》という問屋の清見川《きよみがわ》という酒を飲んだ。

刻限内に、三升をぎりぎりで飲み終えた。

三升を飲み終えたうちでは、最後の一人になった。広田屋では、もっと早くに清見川を飲み終えた者がいたので、主人はそちらに声掛けをしていた。あの場では、まるで目立たない者だった。

しかし卯吉は、喜平はそれなりに行けると見ていた。

三升を味わうつもりで飲んでいて、早くとか量とかを、一番には考えていなかったと受け取っている。本気で量を目指したら、一番でなくとも、それなりの順位にはなるだろうと卯吉は踏んでいた。

住まいは裏通りのしもた屋だというので、自身番で訊いた。町の名だけでは捜せない。

玄関前に立つと木槌《きづち》の音が聞こえた。猫の額のような狭い前庭があって、忍冬《すいかずら》が白と淡紅色の花を咲かせていた。それだけが、彩《いろどり》といえた。掃除は行き届いているが、古い建物だ。

訪ないを入れると、木屑のついた仕事着姿の老人が現れた。それが喜平だった。一人暮らしなのか、女房は出かけているのか、それは分からない。

卯吉はまず、酒問屋の手代だと名乗った。試し飲みの場にいたことも伝えた。その上で、用意してきた福泉の五合徳利を与えた。

「仕事中ですが、飲めますか」

「少しくらいなら、かえって調子がいい」

一口飲んでもらってから、感想を聞いた。

「香りは低いが、味は濃い。少し癖があるな」

この癖が、売りにくくさせていた。雑味が微妙に混じる。灘桜や稲飛に劣るゆえんだ。しかし喜平は、まずい酒だとは言わなかった。

「これを一刻半で、どれくらい飲めますか」

「せいぜい六、七升だね。急いで飲んだら、一斗（十升）くらいはゆくかもしれねえが、それじゃあ旨《うま》くねえ」
六、七升では、一番にはなれないだろう。鯉屋利兵衛は、半日かけたとはいえ、一斗八升を飲んで立ち上がった。とてつもなく飲める者は、他にもいる。ただ喜平は、冷やかしの酒好きではない。
上位には食い込める。

「合戦で、福泉を飲んでいただけませんか」

「飲めるのは嬉しいがね。せかされるのは、嫌だね」

取り立てての思いはない、といった顔で応じている。それでももう一口、福泉を口に含んだ。

「一番になれば、四斗樽と三両をもらえますよ」

卯吉は迫った。下駄職人とはいっても、弟子を雇うような親方ではない。

「それは嬉しいが、飲み過ぎるとかかあに叱られる」

女房はいるが、留守なのは分かった。玄関先にあった忍冬の花が頭に浮かんだ。手入れをしているのは女房なのかもしれない。尻に敷かれているならば、大酒の合戦の話は受け入れにくいだろう。

ただ出たい気持ちは、どこかにあると察した。ならば今日は断られても、通えば飲んでもらえそうな気がした。

「丙助と亀造が飲めるのではないか」

と言った。他の者の飲みっぷりは見ていたようだ。

「明日また来ます。考えておいてください」

今日はこれで引き上げることにした。卯吉としては、喜平でいきたかった。

新川河岸《しんかわがし》に戻る頃には、夕暮れどきになっていた。吹き抜けてゆく風は、心地よい。歩きながら考えたのは、小菊のことだった。

女中や小僧を指図して、夕餉《ゆうげ》の支度をしている頃合いだ。地味な身なりで、若おかみというよりも、女中頭のような暮らしをしている。

ときには手代や小僧の繕《つくろ》い物をしてやることもあった。その姿が、これまでよりも眩《まぶ》しく頭に浮かんだ。

「おや」

武蔵屋の前に、辻駕籠《つじかご》が二丁停まっていた。来客でもあるのかと思ったが、そうではなかった。お丹と市郎兵衛が、いそいそとした様子で出てきて乗り込んだ。

「えいほ」

駕籠はすぐに、移動を始めた。

「揃ってどこへ行くのか」

卯吉はつけてみることにした。

霊岸島を出て、浜町《はまちょう》河岸に出た。そのまま北に、休まず進んでゆく。そして両国広《りょうごくひろ》小路《こうじ》の広場に出た。二丁の駕籠が停まったのは、神田川《かんだがわ》が大川に注ぎ込む地点に近い柳原同朋町《やなぎわらどうぼうちょう》の料理屋の前だった。

黒板塀に囲まれた、高そうな店だった。

二人が中へ入ったところで、門先にいた下足番の老人に声掛けをした。同時に、小銭を握らせている。

「今入った二人の席には、他の客がいますね」

「ええ。すでに来て、待っていました」

「誰でしょうか」

改めて、小銭を握らせる。

「若い母親と、生まれて間もない男の赤子、それに赤子の祖母らしい方です」

名は知らない、初めて来た客だと言い添えた。

おゆみらに違いなかった。これから会食をするらしい。小菊は奉公人たちの食事の指図をしている。そして自分は、おたえとそそくさと済ませる。

「これでいいのか」

穏やかならざる気持ちになった。治まらない胸の騒ぎを、早足に歩くことで押さえた。新川河岸に戻る道々に頭に浮かんだのは、叔父勘十郎が伝えてきた、坂口屋吉右衛門の言葉だった。

翌朝、在庫の確認を済ませた卯吉は、武蔵屋を出て艾《もぐさ》の春屋へ足を向けた。おたえと四半刻ほど、算盤の稽古《けいこ》をする。

これは一日も欠かしていない。

卯吉が春屋の台所へ行くと、おたえは卓袱台《ちゃぶだい》に向かって算盤を弾いていた。卯吉が来る前に、一人稽古をしているのだ。算盤は音が出るので、武蔵屋ではやりにくい。春屋が唯一の稽古場になるのかもしれなかった。

ぴんと張った背筋で、右手だけが動いている。珠を弾く音が、少しずつだが日ごとに早くなっている。しかも正確だ。教えたことが、身についてゆく様を目にするのは、大きな喜びだった。

おたえの小さな背中を見ていて、昨夜の柳原同朋町の料理屋のことを思い出した。昨夜から、何度も卯吉の頭に浮かんだ光景だ。

深夜、お丹と市郎兵衛は少し酔った様子で帰って来た。裏口から入ってきたので、卯吉は長屋の腰高障子《こしだかしょうじ》の隙間から様子を窺《うかが》った。どちらも酒を飲んだ以外、何事もなかったような顔つきだった。小菊は起きていて、出迎えた。

「おや、起きていたのかい。寝ていればよかったのに」

お丹は、それだけを告げて奥の部屋へ行った。市郎兵衛は、黙って奥の部屋へ行った。起きて待っていたことが、不快な様子にさえ見えた。

一言も、言葉を発しなかった。

卯吉が目にしたのは、そこまでだ。夫婦の部屋で、どのようなやり取りがあったのかは分からない。ただ胸の痛みがあって、なかなか寝付けなかった。

珠を弾くことに夢中なおたえは、卯吉に気がつかない。肩に手を置くと、弾かれたように振り向いた。一瞬、悪戯《いたずら》をしていて見つかったような、怯《おび》えた顔になった。しかし卯吉だと分かると、ぱっと笑顔になった。

その可愛らしさに、卯吉は息を呑んだ。不憫《ふびん》さもあったから、小さな肩を抱きしめたい気持ちに駆られた。けれどもそれは堪えた。

「ずいぶん早く、珠を弾けるようになったな」

「うふふ」

満足そうに頷《うなず》いた。

おたえは、昨夜何があったのか知らない。ただ母親の心の変化には、敏感なのではないかと感じる。小菊の様子を尋ねようかと迷ったが、言葉にはならなかった。

「よし。今日の稽古を始めようか」

「うん」

おたえは笑顔のまま答えた。

四

算盤の稽古を済ませた卯吉は、日本橋の菓子舗へ行って、饅頭《まんじゆう》を買った。手土産用に、経木《きようぎ》の箱に入れてもらった。それから外神田佐久間町の下駄職人、喜平の住まいを訪ねた。

饅頭は、女房に与えるつもりだった。

玄関に立って訪ないを入れると、喜平が出てきた。三和土《たたき》には女物の下駄が揃えてあるから、女房はいるらしい。しかし姿は見せなかった。

顔を合わせると、向こうから謝って来た。

「済まねえな。おれはどこの酒も飲まないことにしたぜ」

喜平はそう言った。もう気持ちは、微塵《みじん》も動かないと伝える言い方だった。

昨日、断りはしたが、どこかに合戦に出たいという気持ちが潜《ひそ》んでいた。一晩置いただけで、ここまで気持ちが固まるのかと驚いた。

「夕べ、何かあったのですか」

「何もないさ」

息を呑んだ。顔には、あったと書いてある。分かりやすい男だった。しかしその事情を話す気はなさそうだった。

「これを、おかみさんに」

卯吉は、饅頭を差し出した。

「そりゃあ、受け取れねえ。貰ういわれがねえからな」

受け取らなかった。粘ったが、断られただけで卯吉は帰らされた。

それで、隣の家へ行った。出てきた中年の女房に饅頭を与えて、問いかけた。

「昨夜、喜平さんの家に、誰か訪ねて来ませんでしたか」

「そういえば、来ていましたね」

「どんな様子でしたか」

「立派な身なりで、大店の番頭みたいな人でした」

そういう訪問者はめったにないので、少しばかり様子を見ていたとか。三升の角樽《つのだる》を手土産にしていたようだ。名を名乗ったらしいが、それは聞き取れなかった。

「角樽には、酒の名が記されていませんでしたか」

夜ではあっても、提灯《ちょうちん》を手にしていれば、角樽は見えただろう。それが分かれば、どこの店が来たのか分かる。「どこの酒も飲まない」と口では言っても、いざとなれば姿を現すのかもしれない。

「そういえば、何か書いてありましたけど、見ませんでした」

四半刻ほどいて、客は引き上げた。そのときは手ぶらだったというから、角樽は受取ったことになる。そこで自身番へ行った。番頭も町名しか分からないから、自分と同様に住まいを誰かに確かめていると推量した。

「ここには来ませんでした」

書役も大家も、首を横に振った。そこで木戸番小屋へ行った。

「ああ、来ました」

昨夜のことでもあるから、番人は覚えていた。

「角樽にある、酒の銘柄を見ませんでしたか」

「ええと、あれは」

番人は酒好きそうで、少し考えただけで思い出した。

「澤錦です」

「へえ」

やって来たのは、河内屋の番頭升之助《ますのすけ》だと分かる。三十代半ば過ぎ、という年齢も重なった。

「しかしおかしいな」

呟《つぶや》きが出た。澤錦は照達が飲む。上位に入ることは間違いないと、どの読売も伝えていた。もう一種類の鶴寿は、千住の合戦で高い結果を出した天満屋おみよが飲むと聞いている。

ならば改めて、人を探す必要はないはずだった。

もう一度、先ほど話を聞いた家へ行って、喜平の家が米や酒を買う店を聞いた。すぐにその店に行った。

「ええ、今朝になって、溜まっていたお代を頂戴しました」

問いかけた酒屋の手代は、言った。女房が締めても、喜平は酒を求めて店へやって来る。身を持ち崩すほどではないので、店としては与えていた。酒の代金は溜まっていた。

それを今朝になって、女房が返しに来たのだった。

「何でも、思いがけない実入りがあったそうで」

手代とすれば、大助かりだろう。その銭は、河内屋から出たものと考えられる。升之助は、酒だけでなく銭も与えていたことになる。

不思議に思いながらも、一つの結論を得た。誰かに確かめたいと思って茂助が逗留《とうりゅう》する旅籠《はたご》を訪ねたが、外出中だった。どこかで祈禱《きとう》をやって、稼いでいる。卯吉は武蔵屋へ戻る途中で、今津屋に立ち寄った。お結衣ならば、忌憚のないことを言ってくれる。

「試し飲みでは、お世話になりました」

会ってすぐ、卯吉は先日手伝いをしてもらった礼を口にした。

「いえいえ、うまくいって何よりです」

思いがけない飲み手を発見できたのは、収穫だった。喜平もその一人だ。

お結衣も今津屋の仕事をしているから、長話はできない。すぐに疑問点を伝えた。

しばらく首を捻ってから言った。

「河内屋さんは、したたかです」

「確かに」

河内屋は、今津屋の樽廻船《たるかいせん》で仕入れをしている。そう感じる何かが、これまでにあったのかもしれない。

「合戦に出るのは照達さんとおみよさんに決まったそうですが、これという競争相手は、いない方が得策です」

「やはり、そう考えますね」

卯吉の推量と同じだった。

「潰せる敵は、潰しておく企《たくら》みでしょう」

「店から一番を出せば、売り上げは増えます。少しばかり喜平に銭を与えても、儲《もう》けはたっぷり出ますからね」

「まったくしたたかです。競争相手を消してしまうわけですから、巧みともいえます」

もう一度、お結衣は「したたか」という言葉を使った。ただ聞いていると、非難をしているのとは微妙に違う気がした。

「確かに合戦では、してはいけないことにはなっていませんね」

勝つための手段としては、不正ではなかった。「したたか」は「やり手」という意味にも通じる。ただ正々堂々とは、明らかに異なる。

「河内屋さんは合戦をすると決まったら、すぐにおみよさんに声掛けをしたと聞きました。初めから、気合いが入っていました」

「そうでしたか」

「卯吉さんも頑張ってください」

これでお結衣とは別れた。話ができて、疑問も解消した。自分も、ぼやぼやしてはいられない気持ちにさせられた。

話をしたのは短い間だけだったが、満足した。けれどもしばらく歩いてから、どきりとして卯吉は立ち止まった。

これまでお結衣と二人だけで話をするとき、必ず胸のときめきがあった。今日もなかったわけではないが、いつもよりもときめきが小さかったと感じたからだ。

「なぜか」

と考えて、思い当たることがあった。腹の奥が、熱くなっている。脳裏に小菊の顔が浮かんだからだ。

「自分はどうかしている」

今までお結衣についてあれこれ思うときに、小菊の顔が頭に浮かぶことなどなかった。しかし今は、それで気持ちを揺らしている。

「軽くて、薄っぺらなやつだ」

自分を罵《ののし》った。

五

彫り上げた版木を風呂敷に包んで、丙助は京橋《きょうばし》の親方のところへ届けてきた。八丁《はっちょう》堀界隈《ぼりかいわい》から、亀島川《かめじまがわ》に架かる高橋を渡って、霊岸島に入った。土手の青草が、風で揺れている。

丙助は版木を彫って二十年以上になるが、いまだに彫るのは、文字ばかりのものだ。髪の細かい曲線や体の柔らかなふくらみを描くような彫り物はやらせてもらえない。

「あんたも、酒さえ飲まなければねえ」

とおかみさんに、今日も言われた。飲み過ぎた次の日は、指が震える。細かい仕事ができなくなる。酒を断てばいいのだが、三日四日酒を断っていると、落ち着かなくなる。すると鑿《のみ》の先が滑ってしまう。

せっかく彫り上げた版木が、それで台無しになる。だから銭になる細かな仕事は貰えなかった。

何であれ彫ってさえいれば、銭は貰える。懐《ふところ》には、親方から受取った四百文あまりの銭が入っている。酒を買いたい気持ちが込み上がってくるが、ぐっと我慢してここまで帰って来た。

東湊町の長屋で、おっかあが懐の銭を待っている。

無類の酒好きで、極上の下り酒をたらふく飲んでみたい、というのが丙助の年来の願いだった。銭はないが、半刻で三升飲む自信はあった。仕事道具の鑿を質に入れて、六百文を拵《こしら》えた。

先日の下り酒の試し飲みでは、丙助は半刻で四升以上を飲んだ。いい酒を、たらふく飲んだ。雑味のない旨い酒だったから、ぐいぐいとやれた。さらに一刻半あったら、その倍以上は飲めたと思っている。

ただ急いで飲んだから、翌日には酒が残って、鑿を持つ手が震えた。それで九歳の倅《せがれ》長太《ちょうた》に言われた。

「ちゃん、酒に飲まれちゃだめだよ。おっかあに逃げられちまうよ」

口煩《くちうるさ》い大家やかかあに何を言われてもめげないが、長太に言われると胸に響く。

「何とかしなきゃあ」

と思うが、酒はやめられない。

今、丙助の頭にあるのは、五月朔日にある、大酒の合戦のことだ。考えただけで、生唾が喉の奥から湧き出してくる。

「一番になったら、四斗の酒だけでなく三両ももらえる」

丙助にしたら、夢のような話だ。かかあにも長太にも、「どうだ」と言ってやれる。だから試し飲みで上位に入って、相模屋の旦那から合戦に出ないかと誘われたのは嬉しかった。

今度は、銭の用意をしなくていい。

「おれが酒を飲んでいたことは、無駄じゃあなかった」

と思えた。

「少し、鍛えておいてください」

相模屋の平七という旦那は、一斗の地回り酒をくれた。今はご機嫌だ。一番になって貰える賞金を、そのままかかあに渡そうという気持ちになっているのは、そのためだった。

「本番の合戦になったら、一番になるのはおれだ」

気合は入っていた。

相模屋からは、おトミも出る。女だてらに、相当飲める。若い頃から、芸者として三味線以上に鍛えられてきたらしい。

旦那さんの話では、自分とおトミで一番二番になれば、花扇は爆発的に売れるだろうということだった。最悪でも二人が上位に入るのは間違いないから、仕入れも増やしていた。

「もし二人で一番と二番を占めることになったら、下り酒問屋の賞金とは別に、二両ずつ差し上げましょう」

とも告げられていた。酒で大金を稼げる、一生に一度あるかないかの好機なのだった。

夕暮れどきの、濃い朱色になった日差しが眩しかった。沈みそうで、なかなか沈まない。

河岸の道には、人影はなかった。いつもならば遊んでいる子どもたちは、もう引き上げたのかもしれなかった。

そこへ土手から、男が河岸道に上がって来た。破落戸《ごろつき》ふうだ。顔に布を巻いている。丙助と向かい合う形で歩いて来た。懐に、右手を突っ込んでいた。

丙助は気にもしないで歩いて、すれ違おうとした。そのとき懐に突っ込んでいた手を、抜き出した。何か握っている。それが夕日を跳ね返して、ぎらと光った。

匕首《あいくち》だと分かったときには、声も立てぬまま突きかかってきた。

「ああっ」

丙助は無防備だった。避けることも歯向かう間もないままに、下腹を刺された。息苦しくて、声を上げられない。

破落戸ふうは、すぐに刺した匕首を抜くと、歩いて来た道を駆け戻り土手に降りた。舫《もや》ってあった舟に乗り込むらしかった。

丙助はその様子を、ぼやけてくる目で見たが、そのまま立っていられず地べたに倒れた。


暮れ六つの鐘が鳴って、霊岸島町の艾屋春屋では、寅吉が店の戸を閉めようとしているところだった。

「て、てえへんだ」

町の木戸番の倅が、駆け込んできた。亀島川の河岸の道で、人が刺されたという。丙助なる東湊町の裏長屋に住む版木職人だとか。死んではいない。土手から医者へ運ばれた。そこで手当てを受けているそうな。

「分かった」

寅吉は房のない十手を腰に差しこんで、医者の家へ向かった。

「下腹を刺されていますが、抉《えぐ》られた跡はありません。出血があるので今は動かせませんが、命に別状はないようです」

手当てをした、慈姑頭《くわいあたま》の中年の医者が言った。深くも刺されていなかった。

夕方河岸の道を通りかかった者が気づいて、自身番に知らせた。町の者が戸板に載せて医者へ運んだ。顔を知っている者がいたので、版木職人の丙助だと分かった。すでに知らせを受けた女房と十歳くらいの男児が枕元に座っていた。どちらも、涙で顔を赤く腫らしている。女房は刺されたと聞いて初め逆上したが、命に別状ないと分かると、だいぶ落ち着いた。

丙助の意識も、しっかりしていた。

寅吉は、横になっている丙助の顔を見て思い出した。大酒の合戦で、いくつもの読売が一番になるのではないかと予想をしている者だった。

少しならば大丈夫だというので、丙助から話を聞いた。

「い、いきなり、襲ってきやがった」

「賊は、何か言ったか」

「いや、一言も」

「財布を抜かれてはいないか」

外見からして、襲って奪うほどの銭を持っているとは思えないが聞いてみた。

「いや、抜かれちゃあいなかった」

物盗りの仕業ではなさそうだ。おそらく待ち伏せて襲い、用意していた舟で逃げた。丙助を狙っての犯行だ。

「刺されるほどの恨みを、買っていたか」

「そんなこと、あるわけがない」

「お酒飲んで、せいぜいくだを巻くくらいですから」

寅吉の問いかけに、丙助と女房は答えた。

すでに四月も下旬になっている。大酒の合戦まで、日はすでに十日を切っていた。

寅吉は医者に尋ねた。

「大酒の合戦に出られますか」

「冗談じゃあない、無理ですよ」

医者はあっさりと言った。傷口は塞がっているだろうが、完治はしていない。それで大酒を飲んだら、傷口は一気に悪化する。

「命にだって、関わるかもしれませんよ」

と言い足した。

「当然ですよ、それは。何があったって出しませんよ」

女房が言った。倅が頷いている。

丙助は半泣きの顔で、がっかりしている様子だ。しかし襲われたという衝撃もあるし、痛みもあるからだろうか、合戦に出たいとは口にしなかった。

寅吉は相模屋にも、丙助が刺されたことは人を使って伝えた。

目撃者がいないか、手先を使って捜させているが、今のところはいない。

六

夜も五つ半を過ぎた。そろそろ寝ようとしていた卯吉のもとに、寅吉の使いがやって来た。丙助が刺されたことを、知らせてきたのである。

大酒の合戦で一番になるとの前評判の者だから、ともかく預けられている医者まで出かけた。

丙助はすでに眠っていて話は聞けなかった。その場にいた寅吉の口から、襲撃の模様とその後について聞いた。

「やったのは、合戦で敵対する問屋が放った者だな」

まさかそこまでするとは思わなかったが、やるとすれば、それしか考えられない。

「丙助も、そう言っている。相当に、腹を立てているぞ」

それは合戦に出られないからに違いない。

襲った者は破落戸ふうで、顔に布を巻いていたとか。だから人物の特定はできていない。

そこへ話を聞いた相模屋平七が、駆けつけてきた。いかにも、慌てた様子だった。

「丙助さんの具合はいかがですか」

真剣な眼差《まなざ》しで、容態を案じている。

「命に差し障りはないようだ」

容態の詳細を伝えた。

「では、酒は飲めますね」

「いや、それは無理だと医者は言っている。それをしたら、丙助の体はとんでもないことになるだろう」

それを聞いた平七の顔に、あからさまな落胆の気配が現れた。平七が案じたのは、酒が飲めるかどうかだけのようだ。生きていた丙助の安否には、興味はなさそうだ。

「このままでは、うちは大酒の合戦で一番を取れなくなる」

呟いた平七は、寅吉に顔を向けた。

「刺した者を、いや刺すように命じた者を、何としても捕えていただきましょう。それも早急に」

そして昂《たか》ぶりを抑えるように一息ついて、言葉を続けた。

「刺しただけで抉ってはいない。財布も奪ってはいない。やらせたのは、合戦に出る酒問屋のどこかに決まっています。内助に恨みがあるのではなく、合戦に出られなくさせたのです」

「まあ、そうだろうな」

寅吉が応じた。卯吉も頷いた。

「そやつは、合戦に出すわけにはいきません」

平七は息巻いた。

「こんな無謀なことをする輩《やから》がいるとしたら、どこだと考えられるか」

寅吉が尋ねた。

「決めつけられませんが」

平七はそこまで言ってから、ちらと卯吉に目を向けた。そして寅吉に目を戻した。

「読売などで、二番か三番あたりに名が挙がっているところじゃあないですか。内助がいなくなれば、そこが有利になるわけですから」

名こそ挙げなかったが、それは澤錦を飲む照達と灘桜を飲む亀造となる。河内屋と武蔵屋だ。

「まさか」

とは思うが、否定はできなかった。

相模屋が引き上げた後で、卯吉と寅吉は春屋へ移って話をした。

「お丹と市郎兵衛が誰かにやらせると思うか」

寅吉に問われた。

「どちらも身勝手で狡《ずる》いが、そこまでする度胸はないだろう」

もしやっていて、それが明るみになったら、店はやっていられない。商人としての信用も失う。

「となると、澤錦の河内屋か」

「あそこは万事に強気であたり、大胆な商いをする。うちの大おかみや旦那さんよりは、やっていそうな気がする」

卯吉は、河内屋が合戦に出ない喜平を囲い込んだ話を伝えた。

「となると、そこが一番気になるな」

寅吉が応じた。ただ断定はできないと、卯吉は感じている。

「津久井屋も気になる」

試し飲みには出なかったが、早々に、前の合戦で好成績を残した鯉屋利兵衛に声掛けをしていた。豊響を飲ませることが決まっている。有力な競争相手ならば、除いておきたいところだろう。

「うむ。宗太が嵐雪を飲む伊勢屋にしても、分からないぞ」

深川熊井町《ふかがわくまいちょう》の湯屋で釜焚きをしている宗太は、試し飲みでは一番になった。終了の太鼓が鳴ったとき、「どうだ」という顔で周囲を見回していた。勝気で傲慢な気質だとの印象があった。ただあのとき卯吉は、飲むのが半刻ではなく一刻半になったら、一番でいられるかどうかは疑問だと感じた。無理をしている気がした。

「問屋だけでなく、飲み手だって分からないぞ。一番になることにこだわっていたら、邪魔者は外しておきたいのではないか」

「三両と四斗の下り酒をもらえるわけだからな。むきになる者がいても、おかしくはない」

疑いの目で見ると、怪しげな者が多くなる。

卯吉は、亀造を市郎兵衛に奪われ、福泉の飲み手を探さなくてはならない。丙助を刺したのは何者か。それだけを探っているわけにはいかない。しかし相模屋の言い方からすれば、武蔵屋も容疑者の一人になる。

「探れるだけのことはしよう」

寅吉が言った。

第四章　出場の面々

一

今朝も、店を出た卯吉は艾《もぐさ》の春屋で、四半刻おたえに算盤《そろばん》を教える。

「これは、おっかさんから」

おたえは、半紙に包まれた四角いものを差し出した。

「何だ」

開いてみると、『おこし米』だった。蒸した糯米《もちごめ》を干して炒《い》り、これに胡麻《ごま》や胡桃《くるみ》が混ぜてある。それに水飴をまぶして固めた干菓子だ。

「昨日、おっかさんと拵《こしら》えたの」

「そうか、おたえも一緒だな」

「うん」

にっこりと笑った。

「どれどれ」

早速、ひとかけ取った。大きさはまちまちだ。おたえは大きいものを取れと言った。卯吉は齧《かじ》ってみた。

「旨《うま》いぞ」

口の中に、胡麻と胡桃の味が甘みと共に広がった。香ばしさもあった。甘い干菓子などほとんど口にしないから、味わい深かった。小菊とおたえが拵えたと思うと、こそばゆい気がした。

「これはいい。ほっぺたが落ちそうだ」

と告げると、ほっとした表情があってそれから満面の笑みになった。

それで卯吉は、この菓子は自分に食べさせるために小菊とおたえが拵えたのだと気がついた。母が亡くなり武蔵屋へ入ってから、そういうことをしてもらうのは初めてだった。

「本当に、おいしいな」

世辞ではなかった。おいしく感じるのは、菓子としての味もあるが、それだけではない。小菊とおたえの、自分への気持ちがこもっているからだ。

これまでにも饅頭《まんじゅう》などを貰ったことはあるが、それはお裾分《すそわ》けだった。今日の『おこし米』とは違う。

「おっかさんに、変わりはないか」

卯吉は気になるから尋ねた。武蔵屋の中で姿は毎日目にしているが、外見だけでは何が起こっているか分からない。挨拶《あいさつ》くらいしか、言葉を交わすこともなかった。

「うん。でもおばあちゃんが、今までとちがう」

少し寂しそう。

「可愛《かわい》がってくれないのか」

「そうじゃあないけど。いっしょにいても、何か考えている」

子どもは敏感だ。それ以上のことは口にしなかったが、お丹の心が、自分から離れていることを感じているのかもしれなかった。

先日、お丹やおゆみらは、柳原同朋町《やなぎわらどうぼうちょう》の料理屋で食事をした。何を話したかは不明だし、具体的な動きもまだしていない。坂口屋吉右衛門の存在は大きいから、すぐには動けないだろうが、何かを企《たくら》んでいるのは察しられる。

大酒の合戦で灘桜を勝たせ売り上げを上げ、店を盛り上げることで、小菊母子を追い出そうと企んでいるのか。

「その思いが高じて、競争相手をなくそうとしているのか」

と感じて、どきりとした。丙助への襲撃と重ねて考えたからだ。しかしお丹や市郎兵衛がそこまでするほど肝が据わっているとは思えない。

「おこし米を、おばさんや寅吉親分にもあげよう」

たっぷりあるので言ってみた。

「うん。そうだね」

おたえは、嬉《うれ》しそうに言った。そして店にいる二人のところに、菓子を持って行った。

「おいしいって」

戻って来たおたえは、満足そうな面持ちで言った。

少なくともおたえは、お丹の心の変化に気づき、寂しい思いをしている。卯吉の耳の奥に、勘十郎の言葉が響いてくる。卯吉と小菊で、武蔵屋を切り盛りすればいいといった件だ。

気がつくと、横にいるおたえが体を寄せてきた。卯吉はどきりとしたが、おたえは気にしているふうはない。自然にやっていた。

おたえの笑顔が、愛らしい。

「うふふ」

算盤を教えた後、春屋でおたえとは別れる。新川河岸《しんかわがし》の道を歩いていると、白い狩衣《かりぎぬ》姿の茂助が姿を見せた。

「丙助が、刺されたそうだな」

どこかで聞きつけたらしい。卯吉は、命に別状がなかったことなど、分かっているすべてを伝えた。

「やるとしたら、河内屋か。飲み手がやったとなると、宗太や照達も気になるところだな」

聞き終えた茂助は言った。しかし明確な根拠があるわけではない。仮にあるとするならば、というところで口にしていた。

「それに相模屋だが、何かの報復をするかもしれぬ」

茂助はこちらの方が、気になるらしかった。献上の祝酒のときも、花扇を推すために他の酒を貶《おとし》めるように動いていた。

「そうですね。亀造が何かをされるかもしれません。気をつけましょう」

忠告として受け入れた。

「内助の次に飲めそうだとなれば、他の一番を狙う者にとっては邪魔だ」

言われてみればその通りだ。大酒の合戦の結果次第で、だぶついている在庫が捌《は》けるとなれば、阿漕《あこぎ》な手段も厭《いと》わない者はいるだろう。

「それから飲み手だが」

「思い当たる人がいますか」

卯吉は追い詰められている。手を打てぬまま、日にちばかりが過ぎてゆく。

「中山道《なかせんどう》の蕨宿《わらび》に、長泉寺《ちょうせんじ》という寺がある。そこには墓守をする熊蔵《くまぞう》なる老人がいる。これは、いくらでも飲める。ちと遠いが、行けるならば行ってもよいかもしれないぞ」

茂助は言った。諸国を巡る旅をしている中で、目についた人物だそうな。

卯吉と話をした翌日、寅吉は河内屋の動きを探った。主人の弥左衛門が動くというよりも、具体的なことについては、番頭の升之助や手代の岩吉《いわきち》が関わっているだろうとの判断があった。

この二人を中心に、聞いてゆく。

まずは町木戸の番人からだ。

試し飲みがあった以降で、界隈《かいわい》では見かけない破落戸《ごろつき》ふうと歩いたり酒を飲んでいたりする姿を見かけなかったかと尋ねた。界隈の者ならば、升之助や岩吉の顔はあらかたの者が知っている。

「さあ、ありませんねえ」

土地の岡っ引きと木戸番の番人は、町に関わる仲間といっていい。気安く訊ける相手だった。嘘はつかないという判断だ。

河岸を利用する船頭や水手、荷運び人足や振り売りなどにも問いかけた。しかし一緒にいる姿を見た者はいなかった。考えてみれば、新川河岸の人目につく場所で会うわけがなかった。

「では、どこで会ったのか」

頭を捻《ひね》った。そこへ河内屋の小僧が、空の荷車を引いて通りかかった。品を届けた帰りらしかった。

寅吉は声をかけた。

「河内屋では、手代が回る先は、持ち場が決まっているのか、それともその都度違うのか」

「手代は、町によって分けます」

「岩吉は、どのあたりを廻るのか」

「湯島《ゆしま》とか、本郷《ほんごう》あたりだと思います」

小僧は寅吉が、土地の岡っ引きだと知っている様子で、すらすらと答えた。

店の名を聞いて、そちらへ回った。まず行ったのは、昌平橋《しょうへいばし》から聖堂を過ぎた先の湯島四丁目にある小売り酒屋だった。聖堂の塀から伸びた枝の青葉が、木漏れ日を散らしてきらきら輝く道を歩いた。

皐月《さつき》の花売りが、呼び声を挙げて通り過ぎた。紅紫や白の花の色が、光を浴びて眩《まぶ》しく感じた。

寅吉の相手をしたのは、二十代半ばの手代だった。寅吉は腰の十手に手を添えながら、河内屋の岩吉が不審な者と一緒にいる姿を見かけたことはないかと尋ねた。

「さあ。このあたりへは、商いで来るだけではないですか」

と返された。

三軒目の本郷三丁目の小売り酒屋で、中年の番頭がそれらしい姿を見たといった。

「神田明神《かんだみょうじん》門前の居酒屋で、あまり柄の良くない人と酒を飲んでいました。岩吉さんは、ああいう人と付き合うのかと思って、頭に残りました」

「いつのことか」

「ええと、一昨日ですね」

丙助が刺される前日のことだ。

店の名を聞いた寅吉は、そのまま神田明神前まで歩いた。居酒屋はまだ商いをしていなかったが、女房らしい初老の女が掃除をしていた。

「一昨日、二十代半ばの堅気の手代ふうと破落戸ふうが酒を飲みに来たはずだが、覚えているか」

何日も経っているわけではないから、それで思い出せるのではないかと願った。

しばらく首を傾《かし》げてから、女は答えた。

「ああ、来ていました」

しかしどちらも初めてやって来た客で、名はもちろん何者なのかも分からなかった。

「どんな話をしていたか分かるか」

「さあ。聞き耳を立てているわけではないので」

分かったのは、岩吉が破落戸ふうと接触をしたことがあるというだけだった。

二

茂助と別れた卯吉が、新川河岸を歩いていると、船着場に十人くらいの荷運び人足が集まっているのに気がついた。その中の一人が声高に何かを言い、それを周りの者が聞いている。

聞くつもりはなかったが、その声が耳に入った。

「相模屋の花扇を飲むことになっていた丙助が刺されたのは、読売の予想で二番手三番手だった問屋の仕業じゃねえかね。怖い話だぜ、まったく」

と言っている。卯吉は話の途中で立ち止まり、最後まで聞いた。

二番手三番手が、亀造が飲んだ福泉と照達が飲んだ澤錦なのは、新川河岸で知らない者はいない。あからさまには口にしないが、このどちらかの仕業だと言わんばかりの話しぶりだった。

卯吉は、男の傍《そば》へ寄った。

「いったいどういう証拠があって、それを声高に言うのか」

と問いかけた。怒りもあるから、詰問調になっていた。

「証拠だって。おれはどこの店だなんて、一言も口にしちゃあいねえぜ」

人足は居直った。

「何を言うか、おまえの話が武蔵屋や河内屋のことだと、この辺の者ならば、子どもだって分かるぞ」

「ふん。おれは知らねえ」

「そうか。ならば武蔵屋と河内屋の力自慢を、ここへ連れてくる。その者たちに囲まれた中で、今の話をしてもらおうではないか」

すると急に、落ち着きがなくなった。そして脱兎《だっと》のごとく、その場から逃げ出した。あっという間だった。

「あいつ、他でもあれをやっていたぜ」

聞いていた人足の一人が言った。

「ああ。その話は、新川河岸じゃあ広まっているね」

他の者が続けた。根も葉もない話でも、何度も耳にしていれば本当かと思えてきてしまうのではないか。さらに面白がって、話に尾鰭《おひれ》をつけるかもしれない。

厄介だった。

卯吉が武蔵屋の敷居を跨《また》ぐと、市郎兵衛とお丹、乙兵衛と左右吉が帳場《ちょうば》で話をしていた。市郎兵衛が、声高に言っている。

「そもそもうちが、丙助を刺させるわけがない」

「もちろんです」

と乙兵衛。

「あれは相模屋か、敵対している問屋が言わせているのに違いありませんよ」

卯吉が船着場で聞いた話を、市郎兵衛もどこかで聞いたらしかった。そして左右吉も、違う場所でその噂話を聞いたと伝えた。

「このままじゃあ、どんどん広がってゆく。どうしたもんだか」

お丹が受けた。武蔵屋にとっては、そのままにはできない問題だった。

「これでは一番になったって、何か言われますよ」

「まったくです。こちらが精いっぱいやっていることを、己《おのれ》の勝手な事情で踏み躙《にじ》る者がいる。風上にも置けない輩《やから》じゃあないか」

市郎兵衛の言葉に続けたお丹は、怒り心頭といった顔だった。

卯吉は離れた土間で、並べた樽を検《あらた》めながら聞いていた。店にとって事態は重要だが、おまえらが何を言うかという気持ちもあった。

「風上にも置けないのは、お前らではないか」

と感じていた。

武蔵屋でひっそりと暮らしている小菊母子を追い出して、囲い者の女とその男児を店に入れようとしている。卑怯という点で、どこが違うのか……。

自分も妾腹《しょうふく》の倅《せがれ》だが、そのことで悔しい思いをして腹を立てたのは、お丹自身ではなかったのか。小菊の無念が分からないのか。

卯吉が見過ごせないのは、そこだった。

「大酒の合戦などという催しは、わたしはそもそも反対だった」

市郎兵衛は、灘桜を売るために亀造を取り上げたことも忘れた口ぶりで言っている。そして初めて、卯吉に声をかけてきた。

「おまえが下らない催しを言い出すから、こんなことになったのだ」

普段はいない者のように扱うが、こんなときには怒りの矛先《ほこさき》を向けてくる。

「この始末は、卯吉につけてもらおうじゃないか」

市郎兵衛は、そう決めつけた。

「ええ、ぜひともそうして欲しいもので」

「そうだね、当然ですよ」

左右吉の言葉に、お丹が続けた。

卯吉は頷《うなず》きもしないし、断りもしない。ああ、また始まったと思っただけだった。このまま放っておくことはできない。その対応は、しなくてはならないと腹は決めていた。市郎兵衛やお丹が、できるとは考えられない。

そこで別のことを口にした。

「本番の合戦で、一番になると各読売《よみうり》で名の挙がっていた丙助が刺されました。二番手に名の挙がっている亀造は大丈夫でしょうか」

これは丙助が刺されたときから気になっていた。聞いたお丹と市郎兵衛は、顔を見合わせた。

「それはまずいね」

あれこれ言っても、お丹は大酒の合戦で亀造が上位に入ることが、商いの役に立つと分かっている。ただこれについては、さすがに卯吉に何とかしろとは言わなかった。命じてきたら、反論するつもりだった。

「左右吉、おまえが何とかしろ。灘桜は、おまえが売っている酒だからな」

市郎兵衛は、左右吉へ回した。面倒なことは、すべて他人任せだ。いつものやり方だ。

その日の夕方、卯吉のもとへ寅吉がやって来た。神田明神門前の居酒屋までは辿《たど》り着いたが、その先がどうにもならないとぼやいた。あきらめずに続けるつもりらしいが、もう一つ伝えて来たことがあった。

「例の武蔵屋と河内屋を悪者にしようと、声高にやっていたやつらだがな」

「何か、あったのか」

「江戸橋の袂《たもと》でもやっていたが、数人の破落戸に絡まれて倉庫裏に連れて行かれ、半殺しの目に遭ったそうだ」

「ほう」

この悪評を広げられていることについて、寅吉は本所深川《ほんじょふかがわ》にも足を延ばして確かめていた。

「あちらでも、武蔵屋か河内屋が人を使って内助を刺させたと推量させられる話をしていた者がいた。これも破落戸に痛い目に遭わされたそうだ」

破落戸が、善意や正義感でそんなことをするわけがない。襲撃を済ませた破落戸は、すぐさま姿を消したとか。

「武蔵屋は、何もしていないな」

「もちろんだ」

「ならば破落戸を使ったのは、河内屋だろう」

寅吉は、決めつけるように言った。

「これで声高にやるやつは、いなくなりそうだな」

「乱暴なやり方だが、勝手なことを喋らなくさせるには効果がある。河内屋らしいやり方だ」

「噂を広げさせていたのは、相模屋なのだろうか」

「丙助を刺されて腹を立てているからな。それは大いに考えられるぞ。広げていたやつを捕まえて、ひと脅《おど》しすれば誰に頼まれたか白状するかもしれなかったが、それはできなかった」

「逃げ足の速いやつらだった」

卯吉も逃げられた。

そこで寅吉は、深川まで行った折の違う話をした。

「試し飲みで一番だった宗太だが、あれは熊井町《くまいちよう》の湯屋で釜焚きをしている」

大川の河口にある町だ。

丙助は宗太にとって、最も強敵と目される者だ。だから襲って、合戦に出られなくさせたのではないかと寅吉は疑ったことがあった。

「それで、様子を見てきた。宗太は自分で襲うことはあっても、複数の人を使って悪い噂を流すことはたぶんない。銭がないからな」

強敵の様子を聞くのは大切なので、卯吉は耳を傾けた。

「宝湯という湯屋でな、四年前から釜焚きをしている。生まれ在所は上州《じょうしゅう》館林《たてばやし》で、五年前に江戸へ出てきた。一年間深川をぶらぶらして、宝湯で雇われた」

「悪さをする者ではないのか」

「そういう噂はない。大酒呑みで、手が付けられなくなる者でもないぞ。飲もうとすれば相当にいけるが、銭がないからいつもは飲まないという話だった」

二十四歳で、女房はいない。ただ館林から妹が出てきていて、北六間堀町《きたろっけんぼりちょう》の小さな青物屋に嫁いでいるとか。

「宗太にとって江戸にいる血縁の者はその妹だけで、他にはいない。兄妹仲は、いいそうだ。その妹の亭主が商う青物屋の商いが、うまくいっていないらしい」

振り売りから、やっと裏通りに店を借りて一年前から商いを始めた。

「妹と亭主は銭が欲しいわけだな」

「まあ、そうだ。宗太としては、賞金の三両を得て妹にやりたいのではないか」

これは寅吉が、宝湯に奉公する女中から聞いたのだとか。

「なるほど、兄として力になりたいわけか。となれば、気合が入るだろう」

「おまえも、本当に飲める者を早急に探さなくてはなるまい」

そう告げられて、卯吉の胸に焦りが湧いた。

三

大酒の合戦に出る者の、届け出の期限が迫っている。今の卯吉に、大酒呑みとしての情報があるのは、茂助から聞いた中山道蕨宿にある長泉寺の墓守で熊蔵という老人だけだった。

茂助は祈禱《きとう》をしながら諸国を廻っているから、持ってくる情報は伝聞ではない。信頼が持てた。

「すぐにも、行ってみなければ」

と卯吉は思うが、日本橋から蕨宿までは陸路で四里十六丁の距離があった。行って帰るだけで一日がかりだ。まともにお丹や市郎兵衛に頼んだら、行かせてもらえるとは思えなかった。

そこで一日分の仕事は、他の日に分けて回し、寅吉と話をした翌日の早朝に店を出ることにした。

となるとこの日は、おたえに算盤を教えてやることができない。がっかりさせてしまう。それが心残りだった。

卯吉は夜のうちに、小菊にだけは事情を伝えた。

「分かりました。おたえには、私が伝えておきます」

と言ってくれた。卯吉が飲み手を探さなくてはならない事情を、小菊は分かっている。

「その人がちゃんと飲めて、江戸へ出てきてくれたらいいですね」

と言い添えた。

翌朝、明るくなったところで、卯吉は旅姿ではなく、いつものような服装で武蔵屋を出た。違うのは、福泉が入った三升の酒徳利《どっくり》を担っていることだった。

乙兵衛には、新規の客を探すと伝えた。面倒なことを言われるのは嫌だから、三升の酒代は、卯吉が銭を出して買った。

店を出て少し歩いたところで、背後に足音があった。子どもの足音だ。振り返ると、おたえが路地から出てきたのだった。

「これ、お昼のおにぎり」

と言って、竹皮《たけかわ》の包みを差し出した。どこか恥かし気な表情だった。

「おっかさんと私で握ったの」

「そうか、ありがたい」

受け取ると、まだ温みが残っていた。二人の心遣いが嬉しかった。懐《ふところ》の奥に押し込んだ。おたえはその卯吉の姿を満足そうに見つめた。

「今日は稽古《けいこ》ができない。済まないな」

「習ったことの、おさらいをする」

「うん。それがいい」

それでおたえとは別れた。少し歩いてから振り返ると、おたえはまだ同じ場所にいて、手を振った。卯吉は笑顔で頷いた。

そして向かったのは、蔵前《くらまえ》の船着場だった。陸路の中山道ではなく、戸田《とだ》河岸までは水路を使うことにした。荒川《あらかわ》は、多数の大小の荷船が行き来をしている。川を上る荷船の船頭に、銭を払って乗せてもらう。その銭は船頭の懐に入るので、邪魔にならなければ乗せてもらえた。

寄居《よりい》に繰綿《くりわた》を運ぶ荷船の船頭が受け入れてくれた。戸田の渡しで、下ろしてもらう。

「行くぞ」

船頭が声を上げると、荷船は滑り出た。体が瞬間、わずかに沈んだ。気がついたときには、船着場からはだいぶ離れた場所に出ていた。水手は二人で五十石積みの船だ。大型の船ではない。

船頭や水手たちの動きは機敏で、流れに逆らいながらも荷船はぐいぐいと進んだ。大川橋《おおかわばし》を潜《くぐ》ると、左岸に聳《そび》える浅草寺《せんそうじ》の伽藍《がらん》の屋根に、朝日が当たっていた。このあたりまでの船の移動は、荷運びをするので少なからずある。しかし山谷堀《さんやぼり》に架かる今戸橋《いまどばし》のあたりが、江戸の北の限界だった。

今戸橋を過ぎると、緑が多くなる。瓦を焼く家の煙突《えんとつ》から煙が上がっているのが見えた。川べりの景色が、どんどん鄙《ひな》びたものになってゆく。

卯吉は、江戸の町から離れるのは、生まれて初めてだ。川は蛇行しながら進んでゆくが、目にする景色は新鮮だった。土手には夏草が茂り始めているし、色とりどりの花が見える。

大小の、何艘《そう》もの荷船とすれ違った。帆船が、目に眩しく見える。

「あれが千住大橋《せんじゅおおはし》だ」

湾曲した川の先に、大きな橋が架かっているのが見えた。傍にいた水手が教えてくれた。駕籠《かご》や旅姿の者が、通り過ぎてゆく。

あの橋の袂でも、かつて大酒の合戦が行われたのだなと、そんなことを想像した。

荷船は、千住大橋を潜って、さらに荒川の川上に進んだ。

いくつかの蛇行を繰り返してから、彼方に船着場が見えた。そこでは舟渡しが行われていた。旅人が乗っている。

「あれが、戸田の渡しですぜ」

船頭が伝えてくれた。荷船は、その北河岸に停まった。

「世話になりましたね」

卯吉が船着場で下りると、繰綿を積んだ荷船はさらに川上へ向かって進んだ。

船着場の近くには茶店がある。舟待ちをしている旅人が縁台に腰を下ろしていたが、卯吉はそれにちらと目をやっただけで、歩き始めた。田圃《たんぼ》に囲まれた道を、ひたすら進んでゆく。

さすがに中山道だから、旅人の姿は少なくない。馬子《まご》に轡《くつわ》を取られた馬が、荷を運んでいる姿も見られた。空の高いところで、群れた雀《すずめ》が鳴いている。

半刻近く歩いたところで、宿場の家並みが見えてきた。八丁ほどの間に、三百軒ほどの建物があると聞いていた。

旅人は、ここで一息つく。茶店の店先にある蒸籠《せいろ》から、饅頭の甘いにおいが漂ってきていた。馬が、荷の積み替えを行っている場所もあった。数人の馬子たちが談笑している。駕籠舁《か》きが、旅人に声をかけていた。

新しい草鞋《わらじ》を買い求めて、履き替えている者もいる。すれ違う旅人が、向かう先の話を尋ね合う姿もあった。江戸の町と比べれば、賑やかだといってもたかが知れている。しかし道行く旅人たちも、宿場の者たちも、活気を持って過ごしていた。

「長泉寺という寺は、どこにありますか」

卯吉は、道に水を撒いていた旅籠《はたご》の小僧に問いかけた。

「あれがそうですよ」

と指さされて、樹木の青葉の向こうにある、寺の建物に気がついた。本堂の裏手に、墓が広がっている。その場へ行くと、微かな線香のにおいが、どこかからしてきた。

墓守の住まいは、その墓の外れにある粗末な建物だった。

声をかけると、見たところ六十代後半とおぼしい、顔に皺《しわ》と染みの浮いた蓬髪《ほうはつ》の爺さんが現れた。継《つ》ぎ接《は》ぎだらけの粗末な着物だが、汗や埃《ほこり》のにおいが鼻を衝くといったことはなかった。

「熊蔵さんですね」

「そうだ」

宿場の者でもなく、近隣の村の者でもない訪問者に、熊蔵は怪訝《けげん》な目を向けた。卯吉は、江戸から来た下り酒問屋の手代だと伝えた上で名乗った。

「それがおれに、どんな用があるというんだ」

いかにも不機嫌そうな目を向けてきた。

「熊蔵さんは、お酒に強そうですね」

「それがどうした」

「たくさん飲める人を探しています。江戸でたっぷりの下り酒を飲んでみませんか」

「酒は飲みてえが、何でわざわざ江戸まで行くんだ」

気に入らないといった顔は、会ったときから変わらない。

それで大酒の合戦が、五月朔日にあることを伝えた。飲む時間や決まり、一番になった場合の賞品についても話した。

「四斗樽一つと、三両くれるのか」

これでわずかに、表情が変わった。

「でもおめえ、どうしておらあのことを知っているんだ。おらあは、おめえなんて知らねえ」

もっともな問いかけだと思った。

「私の叔父《おじ》で、白い狩衣姿で祈禱師をしている茂助という者がいます。その叔父から聞きました」

「白い狩衣姿の祈禱師だって」

熊蔵はやや考える仕草をしたが、思い出したらしかった。

「ああ、あいつか。そういえば酒を持ってきて、一緒に飲んだことがある。おらあが酒好きだと長泉寺の檀家から聞いて、訪ねて来たんだ」

卯吉に向ける眼差《まなざ》しが、それまでと変わった。江戸へ行ってもいい、と考える様子を見せた。しかしすぐに、大きなため息を吐いた。

「おらあ、行けねえ」

気の迷いを、払うような言い方だった。

「なぜですか」

わざわざ江戸から蕨宿までやって来て、簡単に引き下がるわけにはいかない。

「おらには、目のよく見えねえ婆さんがいる。そいつを残して、ここを出るわけにはいかねえ」

女房ということだろう。武骨そうな爺さんだが、婆さんを思う気持ちは、短い言葉でも伝わってきた。

「おかみさんの世話をするわけですね」

「おれがいなけりゃあ、あいつは困る」

「江戸へ出ている間に、代わりに世話をしてくれる人はいませんか」

「酒を飲むために出かけるのに、代わりをしてくれるやつなんていねえし、頼めねえ」

ここで卯吉は、背負ってきた三升の徳利を外した。

「半刻で、飲み切れますか」

合戦に出る出ないは別にして、飲める量を試してみたかった。

「そんなのは、軽いものだ」

徳利を見て、熊蔵は生唾を呑み込んだ。

「では、飲んでみてください。九つの鐘が鳴るまでに、飲み干してもらいたいですね」

卯吉は言った。今は四つ半くらいだ。ぴったりの刻限だった。

「ああ、かまわねえよ」

熊蔵は小屋に入って、端が欠けた丼鉢を持ってきた。そして地べたに胡坐《あぐら》をかいて、三升の徳利を引き寄せた。

「銭は払わねえぞ」

「結構です」

卯吉が答えると、酒を丼鉢に注いだ。そして喉を鳴らして、飲み干した。

「こりゃあ、うめえな。さすがは下り酒だ。そのへんで売っている酒とは違う。これならば、いくらでも飲めるぜ」

新たに酒を注いで、また旨そうに飲み干した。卯吉は傍らに腰を下ろして、その様子を見詰めた。

酒を飲む勢いは変わらない。一升半ほど飲んだところで、小便をした。それから井戸端へ行って水を飲み、元の場所でまた飲み始めた。

卯吉は見ていて気がついた。半刻の経過を気にして飲んでいるのではない。味わって飲んでいる。確かに宗太の飲みっぷりは見事だったが、それとは違うゆとりを感じた。

熊蔵は九つの鐘が鳴る前に、三升を飲み終えた。

「旨かった」

げっぷを一つした。しかし飲む前と、ほとんど様子は変わらなかった。

「ぜひ、出てください。この酒を、一刻半飲み続けてください」

卯吉は、改めて依頼をした。

「まだまだ飲みてえがね」

婆さんのことが気になるらしい。

「おかみさんの世話をする人は、私が必ず見つけてきます」

「まあ、それならば」

その返事を得て、卯吉は胸を撫で下ろした。蕨宿まで来た甲斐があった。

卯吉はここで、おたえが拵えた手渡してくれた握り飯を食べることにした。ほっとした気持ちで、小菊とおたえが拵えた握り飯を食べるのは、胸が躍《おど》った。

竹の皮を開くと、握り飯が三つあった。その内の一つがやや小ぶりで、形もどこかいびつだった。

「これはおたえだな」

卯吉はまず、それから食べ始めた。握りが弱くて摑むと崩れそうになったが、おいしく食べた。沢庵《たくあん》と竹輪《ちくわ》の煮しめが添えられていた。

た。

「おい、飲め」

熊蔵が、白湯を振舞ってくれた。卯吉にとっては、めったにない嬉しい昼飯になった。

四

卯吉は、夕刻には江戸へ戻ることができた。終わってみれば、蕨宿行きはあっという間だった。

江戸を出て、初めて宿場という町を見た。行き来する大小の荷船も目の当たりにした。どれも大事な見聞になった。

新川河岸に出ると、妙に懐かしい気がしたのは不思議だった。

河岸の道を歩いていると、おたえが路地から走り出てきた。卯吉が戻るのを、待っていたらしい。

「お酒をたくさん飲める人は、見つかったの」

小菊から言われているからか、まずそれを尋ねてきた。

「ああ、いたぞ。おたえが留守番をしてくれたからな」

算盤の稽古ができなかったことを、詫びる気持ちがあって言った。

「それならばよかった」

子どもなりに、案じていてくれたのだ。

「握り飯も、煮しめも旨かったぞ。あんなに旨いのは、初めてだ」

「ほんと」

満面の笑みになって、おたえは体をぶつけてきた。近頃、嬉しいときにそうしてくる。

すぐにも小菊に、蕨宿のことを伝えたかったが、人目があるので控えた。乙兵衛には、明日廻るつもりの店の名を挙げて、商いの報告にした。

市郎兵衛は、この日も暮れ六つの鐘が鳴る前に、そわそわした様子で店を出て行った。どこへ行くとは伝えない。尋ねる者もいなかった。妾宅だとは、誰もが分かっている。

お丹は、晩酌を済ませると寝てしまう。これもいつものことだ。福泉の飲み手がどうなるかについては、問いかけてもこない。福泉が売れなければ卯吉を追い出せばいい、くらいの気持ちなのだろう。

暮れ六つ過ぎ、台所は食事をする奉公人たちでにぎわうが、食べ終えるとすぐにそれぞれの寝る部屋へ移って人気がなくなる。卯吉はそこで小菊を捉まえ、握り飯の礼と共に蕨宿での一部始終を伝えた。

すでにおたえから、大まかなところは聞いているはずだが、卯吉は自分の口で話したかった。

「よかったですね。出かけた甲斐がありました」

「はい」

詳細を伝えた。熊蔵の女房の問題にも触れた。

「ならば私が、熊蔵さんがいない間、おかみさんのお世話をいたしましょう」

ありがたい申し出だった。そこまで小菊にしてもらえるのは、幸いだ。ただそれは、無理だと思われた。

「そうなれば、二日は江戸を出なければなりません」

お丹や市郎兵衛が許すはずがないし、出女《でおんな》となるから、制度としても厳しかった。

「いえ、熊蔵さんのおかみさんが正式に道中手形を得て、一緒に江戸へ来てもらえばいいのです。江戸に出ている間、私がお世話をいたします」

「なるほど、妙案ですね。ありがたい」

卯吉は頭を下げた。

「福泉を、売るためですから」

小菊は言った。

「…………」

自分のためかと思ったが、商いのためだという。明らかな失望があったが、勘十郎から聞いた吉右衛門の話では、小菊は「提案や助勢をするのは、心を許した相手にだけ」のはずだった。

心の内が気になるが、それを問うことはできない。

「送り迎えは、茂助さまにおねがいしてはどうでしょう」

「それがいいですね」

卯吉は応じた。茂助ならば、気持ちよく引き受けてくれるはずだった。

卯吉が蕨宿へ出向いた日、寅吉は神田明神前の居酒屋に関わる聞き込みをした。河内屋の手代岩吉が、丙助が襲われた前日に破落戸ふうと飲んでいた。女房はどちらも知らない初めての者だと言ったが、近くで飲んでいた者は、二人のやり取りから何か気づかなかったかと考えた。

それで改めて、居酒屋の女房に問いかけをした。その居酒屋は、昼飯を食べさせる。その暖簾《のれん》を下げる前のことだ。

「ええ。あの日は混んでいたので、近くで飲んでいた人はいました」

岩吉と破落戸ふうはひそひそ声だったらしいが、何か話の一部分でも聞いていたかもしれない。傍で飲んでいたのは誰かを訊いた。

「あれは……、そうそう、薬種《やくしゅ》の振り売りをしている八造《はちぞう》さんでした」

居酒屋の常連だとか。湯島や本所界隈を流して商いをしているというので、木戸番小屋で尋ねながら探した。そして本郷春木町《はるきちょう》の表通りで、八造を捉まえることができた。三十代半ばの者だ。

「そういえばあの日、釣り合わない身なりの二人が隣で酒を飲んでいたっけ」

日にちと外見を伝えると、思い出したらしかった。堅気の商人と破落戸では、関わりがあるようには感じない。

「周りがうるさかったからね、話なんて聞こえなかった」

関心もなかったらしい。がっかりしたが、八造は続けた。

「でもあの二人は、親し気だった。見た目は違うが、話しぶりからして、ありゃあ幼《おさな》馴染《なじみ》か何かだね」

これは捜す材料になりそうだった。

「破落戸ふうの見た目で、何か目立つものはなかったか」

「ええと、中肉中背でいかり肩」

そこまで言ってから、ああという顔になった。

「右の二の腕に、緋鯉《ひごい》の彫り物があった」

話をしながら、一度だけ袖をまくり上げた。すぐに下ろしたが、近くにいたからはっきり見えたのだとか。

この言葉は、収穫だった。寅吉は、新川河岸へ戻った。そして荷車に酒樽を載せていた、河内屋の小僧に問いかけた。

「岩吉は、どこの生まれか」

「浅草聖天町《しょうでんちょう》です。確か、上州屋という煮売り酒屋の三男だったと思います」

小僧はすらすらと答えた。

そのまま聖天町へ向かった。今戸橋の南にある町だ。二人は幼馴染らしいと、振り売りの八造は言った。ならば右腕に緋鯉の彫り物がある男の手掛かりは、そこにあるはずだった。

上州屋という煮売り酒屋はすぐに分かった。間口二間の小店で、店先に空の酒樽が積んであった。近所で店の評判を聞く。

すよ」

「煮しめはしょっぱいが、安い酒を飲ませるので、いつもそれなりに客は入っていま
木戸番の中年の番人は答えた。岩吉の幼馴染で、右の二の腕に緋鯉の彫り物をして
いる者はいないかと尋ねると、それは知らないと返された。

岩吉は何年も前に町を出た者だから、その交友関係を詳しく知ってはいなかった。

それから、上州屋の敷居を跨いだ。

「すまねえ、ちと尋ねたい」

店にいた三十歳前後の女房ふうに、寅吉は問いかけた。

「岩吉の幼馴染で、右腕に緋鯉の彫り物をしている者はいないか」

「いますよ。それは初次《はつじ》さんですね」

女は、岩吉の兄嫁となる者だ。迷うこともなく答えた。

初次は浅草寺門前町《もんぜんちょう》界隈の地回り、仁五郎《じんごろう》の子分になっている者だそうな。

「今は、付き合いはないと思いますが」

女房は付け足した。

「初次とは、どのような男か」

「一時は根津《ねづ》の堅気の商家に奉公したんですがね、しくじったんです」

それでいつの間にか、仁五郎の子分になっていたという話だった。今どうしているかについては、何も知らないと言われた。

次に浅草寺の風雷神門前の屋台店が並ぶあたりに出た。このあたりは、いつ来ても人で溢れている。江戸でも指折りの繁華街だ。

屋台店を商う親仁《おやじ》に聞いてゆく。三人目で、初次を知っている者がいた。こわ飯を売っている初老の者だ。

「賭場の手伝いや、露店の主人から場所代を取って歩く仕事をしている、下っ端ですよ」

あっさり言った。

さらに初次が出入りしているという居酒屋へも行って、話を聞いた。

「初次さんは、この二、三日、金回りがいいみたいですよ。溜まっていたお代を、まとめて払ってくれました」

二十代半ばの、肥えた女中が言った。払ったのは、丙助が刺された後だ。

「銭になる仕事をしたのだな」

「そういうようなことを、口にしていました」

仕事の中身については言わない。決めつけることはできないが、岩吉に頼まれて丙助を刺した可能性は大きかった。そこで丙助が刺された夕暮れどきの初次の動きについて、日にちを伝えた上で訊いてみた。

「さあ、ここへ来てはいなかったですよ」

寅吉は他の行っていそうな居酒屋や仁五郎の子分にも問いかけたが、あの夕刻、初次の姿を目にした者はいなかった。

五

卯吉は小菊と話をした後、茂助が泊まる旅籠を訪ねた。夜も更けていて、新たに泊まりに来る者の姿は見かけなかった。

茂助は祈禱の後、依頼人から酒を呼ばれて遅くなることもあるが、今日は旅籠にいて狩衣も脱ぎ、気楽な様子だった。

蕨宿の熊蔵にまつわる報告と依頼をした。

「そうか。半刻で三升を飲んで、顔色一つ変えなかったか。やはりわしの見込んだ通りだったな」

話を聞いた後で、茂助はそう言った。

「あの者が、一番になるやもしれぬぞ」

と付け足した。

こちらの願いは、引き受けてくれた。

「明日にも蕨宿へ行って、婆さんの道中手形について手続きをしてやろう。ぼやぼやしていたら、間に合わなくなるからな」

茂助は言った。当日は早朝、蕨宿まで老夫婦を迎えに行ってもらう。その段取りを打ち合わせた。

「それにしても、婆さんの面倒を小菊さんが見てくれるのはありがたいな」

思い出したように言った。

「はい。その日は、おたえと実家に帰るという形にするそうです」

そこら辺については、お丹も市郎兵衛もあれこれ言わない。

「小菊さんは、おまえに力を貸すわけだな」

「福泉を売るためだ、と言われました」

「なるほど、あの人らしい言い方だ。武蔵屋で生きる者として心がけるのは、灘桜と福泉を売ることだ」

「はあ」

実は卯吉は、小菊が自分に気があるとでも言われるかと思ったが、予想は外れた。

「あるいは小菊さんは、市郎兵衛やお丹が推している灘桜に、勝たせたくないのかもしれぬ」

「………」

「勝手なことを、ずっとされてきた。それで恨みが晴れるわけではなかろうが、一矢《いっし》報いたいといったところかもしれぬ」

言われてみれば、その通りだと思った。

小菊が自分に気があるなどというのは、考え過ぎだ。勘十郎に言われて、いい気になっているのかもしれない。卯吉はそういう発想をした己を恥じた。

小菊とおたえの今後がどうなるか、予断を許さない。

そして茂助は、別のことを口にした。

「河内屋と武蔵屋を悪者にする噂話をひろげる者がいなくなった。武蔵屋にとっては、大助かりだろう」

「ええ、市郎兵衛が、そういうことを話していました」

「誰が口を閉じさせたと思うか」

「河内屋が、力で抑えつけたのでしょう」

「まあ、そんなところだろう。この件では河内屋は武蔵屋に力を貸した形だが、味方ではないぞ」

茂助はそれを言いたいらしかった。

「表向きは穏やかでも、裏に回ったら、どんなことでもするというわけですね」

「丙助を刺させたのが河内屋ならば、その通りではないか」

茂助はもう一つ、気になることを口にした。

「丙助を使い物にならなくさせられた相模屋だが、やはりあれこれ動いているようだ」

武蔵屋と河内屋について、悪評を立てさせたのは相模屋平七ではないかと予想したが、茂助が口にしたのはその件ではなかった。

「平七は丙助に代わる飲み手を探したようだが、新たな者は見つからない。そこでかつてあった大酒の合戦や試し飲みでそれなりに飲んだ者を、あたっているようだ」

「しかし、もう決まっているのでは」

「それはそうだが、引き抜きたいのではないか」

「花扇を、飲ませるわけですね」

「すでに声かけをされた者がいると聞いたぞ」

「新たには、なかなか探せないからですね」

それは卯吉も身に染みていた。自薦ではなく、確実に飲める者を探すのは難しい。

「出る者の届け出をする日が迫っているからな。相模屋は追い詰められているのではないか」

「花扇の売れ行きは、相変わらずよくないようですね」

「うむ。丙助が出れば、間違いなく上位に入れた。それを見込んで、試し飲みの後、平七は灘《なだ》まで飛脚《ひきやく》をやり、追加の仕入れを依頼したようだ」

「ますます、のっぴきならなくなっていますね」

「武蔵屋と河内屋を貶めようとして悪い噂を流したが、それは力で封じられた。しぶとい相模屋が、それであきらめると思うか」

「後へは引けない相模屋ですから、違うことをするでしょうね」

その標的になるのは、河内屋だけではない。

夕食を済ませて少しした頃、卯吉のもとへ寅吉がやって来た。聞き込みの中で新たに名の挙がった初次について、知らせに来たのである。

「話に聞く限り、初次なる者がやったのは間違いないな」

「そうだが、事があった前日に、岩吉と初次が酒を飲んでいたというだけではどうにもならない。問い質《ただ》しをしても、知らぬ存ぜぬで押し通すだけだろう」

「腹立たしいが、そうなるな」

「明日は、さらに初次とその周辺を洗ってみよう」

寅吉は言った。

初次は浅草東仲町《ひがしなかまち》の裏長屋を住まいにしている。ふらふらしたやつで、一人暮らしの長屋には、めったに帰らないらしい。

「何人か、仁五郎の子分にも聞いたが、初次をこの数日見かけた者はいない。雇った者が、どこかに潜ませているかもしれねえ」

今のところ、丙助への襲撃があった日の、犯行を疑わせる証拠は得られていなかった。

「そこでだが、熊蔵のことは届け出のぎりぎりまで、町の者には知らせない方がよさそうだな」

「まさか蕨宿まで何かをしには行かないだろうが、気をつけよう」

卯吉は言った。

「それとな、河内屋は照達とおみよを、向島《むこうじま》にある寮に入れたぞ。丙助のような目に遭わせないためだな」

「さすがに弥左衛門は、念が入っているな」

「照達は、元は東本願寺《ひがしほんがんじ》の僧侶だったが、酒でしくじって出されたそうだ。以来辻立《つじだち》や、町を廻って念仏を上げ、施しを受ける暮らしをしてきた。だから寮で寝泊まりができ、酒を飲める暮らしは好都合らしい」

「一番になったら、賞金の他にも銭を貰うんだろうな」

「そうだろう。生まれ在所は信州《しんしゅう》で、江戸には縁者はいない。銭があれば酒にしてしまう無茶な暮らしをしてきたやつだからな、どこか体を壊しているかもしれぬ」

「何か、あるのか」

「試し飲みの後で、気がつかなかったか」

「さあ」

「あいつ、変な咳をしていた。顔色もよくない。縁者もなく、ただ酒だけが生き甲斐で過ごしてきたやつだ、怖いものなしだろう。体のことなど考えず、死んだ気になって飲まれたら、そりゃあ強敵だ」

「そうだったか」

湯屋の釜焚きをしている宗太は、妹の力になりたくて、合戦で一番になろうとしている。しかし照達は、誰かのためにではない。ひたすら酒に囚われているかに感じられた。

そして合戦が終わったら、放り出される。

「哀れなやつだな」

卯吉は胸の内で呟《つぶや》いた。

「おみよの方は、亭主が天満屋という履物屋を商っていたが、すでに昨年亡くなった。いまは倅が跡を継いで店を商っている。気楽な身の上だ」

大酒の合戦に出る者たちにも、様々な暮らしがあるようだ。

六

いよいよ明日、大酒の合戦に出る者の名を届け出る日となった。この日はさすがに市郎兵衛も外出はしなかった。お丹と市郎兵衛、乙兵衛と巳之助、それに左右吉と卯吉が、奥の部屋に集まった。

「問屋の中には、試し飲みで上位になった者を引き抜こうとしている問屋がありす。しかし灘桜を飲む亀造は、大丈夫です。ちゃんと掴まえています」

左右吉が報告した。市郎兵衛は満足そうに頷いた。口には出さないが、亀造には少なくない銭を与えたのかもしれなかった。

合戦の本番が迫って、左右吉もぼんやりしているわけではなさそうだった。各問屋の情報も、得ているようだ。とはいえ、それを卯吉に知らせてくることはなかった。お丹も市郎兵衛も左右吉も、福泉を飲む者が上位に入るのを望んではいないだろう。

「卯吉、おまえは誰を出すんだい」

お丹が問いかけてきた。これまで訊かれもしなかったから、一切報告をしていなかった。ただもう、明かさないわけにはいかなかった。

お丹だけでなく、他の者たちも関心を示した。尋ねてこなくても、どんな飲み手を連れてくるか気にはしていたようだ。

「熊蔵という、蕨宿に住まう者です」

「何者だ、それは」

市郎兵衛が驚きを抑えて言った。お丹や他の者も、疑問の顔を向けてきた。熊蔵などという名は、問屋筋では一度も名が挙がらなかったからだ。

「蕨宿にある、長泉寺という寺で墓守をしている者です。他には捜せませんでした」

やや力を落とした口調にして言った。市郎兵衛は、その返答に満足したらしかった。しかしお丹は問いかけてきた。

「どれくらい、飲めるのかね」

「半刻で三升くらいは飲めるそうです。ただ見てはいないのですが、ときがありませんから、どうにもなりません」

実際からは、だいぶ割り引いて答えた。また蕨宿まで勝手に行ったとなると面倒なので、人から聞いた形で告げていた。

「それでも本番では頑張ると言っているそうで、亀造のようにはいかなくても、半分よりは上に行くと思います」

「じゃあ、気合いを入れさせたらいい。でもどうしてまた蕨宿の者を」

お丹はこれも、気になったらしい。

「お得意さんの知り合い、という方から聞きました。そこの番頭さんは、蕨宿の出だそうで」

それ以上は、問いかけてこなかった。お丹は別のことを口にした。ぜひにも伝えたいという顔つきだった。

「灘桜を飲む亀造だけどね、何があるか分からない。それで神田松枝町《まつがえちょう》の家に置くことにした。あそこならば、他に人もいるしね」

小僧も二人、泊まりこませると言った。

亀造は屋台の蕎麦屋をしている。日本橋松島町《まつしまちょう》の裏長屋に住む二十五歳で、女房子どもはない。越後新発田《えちごしばた》城下の太物屋の三男坊で、仕事に身が入らず酒ばかり飲んでいた。親に勘当されて、江戸へ出てきた。密かに母親から金を貰っていて、江戸で小商いをするつもりだったが、ここでも酒が災いした。あらかた飲んでしまって、結局屋台の蕎麦屋にしかなれなかった。浜町河岸界隈を売り歩いていた。蕎麦を売らなければ、好きな酒は飲めない身の上だ。

「明るいうちだけ、人通りの多いところで商いをさせる」

お丹は亀造が、まるで武蔵屋の奉公人のような言い方をした。市郎兵衛は、満足そうな顔で頷いている。二人で考えた処置に違いなかった。河内屋は照達とおみよを寮に入れた。それが頭にあるのかもしれない。

何をどうしようと勝手だが、相変わらずふざけたやつらだと思いながらお丹の話を聞いた。

神田松枝町の家というのは、おゆみが赤子と暮らしている妾宅に他ならない。「他にも人がいる」と言ったが、それはおゆみと女中だ。

ただそれで、やつらの企みが見えた。

亀造は、うまくすれば一番になれる。それが無理でも、上位に食い込むのは間違いない。

そうなったとき、おゆみが亀造を匿《かくま》っていたとなると、その結果に功績があったことになる。お丹や市郎兵衛らにとっては、都合のいい形だ。

小菊を追い出すための布石になる。

卯吉は、穏やかならざる気持ちになった。その話を、小菊はどういう気持ちで聞くのだろう。


翌日の昼下がり、問屋仲間肝煎《きもい》りの坂口屋の店に、合戦に参加する各店の主人や番頭が集まった。卯吉は市郎兵衛と出席した。

それぞれの店で、合戦に出す酒と飲み手の名を半紙に書いて持参していた。

武蔵屋は灘桜で亀造、福泉で熊蔵だ。坂口屋は灘誉で浪人の伊原正兵衛、高砂《たかさご》で品《しな》川《がわ》宿の鋳掛屋《いかけや》徳兵衛《とくべえ》、河内屋は鶴寿で天満屋のおみよ、澤錦で僧照達。津久井屋は豊響一つで鯉屋利兵衛。筑紫屋は天神一つで駕籠舁きの稲太郎という者だった。

福泉の熊蔵を除けば、新川河岸では口の端に上った者たちばかりである。

そして相模屋平七が、半紙を開いて一同に示した。

「おお」

ここで初めて、一同から声が上がった。花扇一つで、おトミと宗太の名が記されていた。宗太は試し飲みのときには、伊勢屋の嵐雪を飲んでいた。

「まったく、とんでもない話だ」

嵐雪を売る伊勢屋の主人藤九郎《とうくろう》が怒りの声を上げた。藤九郎は、やって来たときから不機嫌そうだった。

「どうして宗太が、花扇を飲むのでしょう」

試し飲みでは、宗太が一番になった。集まったすべての者は、それを知っている。だから一同は、宗太が嵐雪を飲むとばかり思っていた。

「相模屋さんが奪ったんですよ。阿漕な真似をしてね」

藤九郎は怒りを隠さない。こめかみに血管が浮き出て、顔が赤黒くなっていた。

すると平七が、しゃらっとした顔で言った。こうなることを、見込んでいた様子だった。

「人聞きの悪いことを言ってもらっては困りますよ」

落ち着いた口調だ。完全に居直っていた。

「うちでは宗太さんと話し合って、花扇を飲んでいただくことになりました。試し飲みのときは、確かに嵐雪を飲みましたが、本番でそれを飲まなくてはならない決まりはありませんでしたよ。違いますか」

それを聞いて、主人や番頭たちは唸《うな》った。横取りという印象は拭《ぬぐ》えないが、約束違反とは言えない。また花扇を飲むはずだった内助が刺されるという事件もあったから、一部には相模屋に同情する者もあった。

「どうせ銭でも与えたのでしょう。やり方が汚いですよ」

それでも藤九郎は言い募った。おそらく事前に、宗太から嵐雪は飲まないと伝えられていたのかもしれない。ただ、ではどこの酒を飲むのか、それはここへ来るまで知らなかった様子だった。

気持ちが治まらないだろうことは、理解できた。しかし宗太の同意があるならば、どうすることもできなかった。

藤九郎が出した半紙にあった名は、試し飲みでは三升飲めたが、有望と言われていた者ではなかった。仕方がなく依頼した飲み手だと思われた。

「してやられましたよ」

怒りが、ぼやきにもなった。

これで何事もなくというわけにはいかなかったが、酒を飲む者が正式に決まった。

「以後、代えることはできません」

肝煎りの坂口屋吉右衛門が言った。参加者が出られなくなったら、その酒は飲まれないことになる。

寄合いはそれでお開きになったが、各店の手代たちは残った。すでに高札《こうさつ》は用意していたが、これに届け出の結果を記し、めぼしい場所に立てる仕事が残っていた。

すでに決まっていたことは記されている。筆の立つ者が、酒の名と飲む者の名を入れていった。できたものから運び出した。

別の者は、新たな引札《ひきふだ》を拵える。

「おお、飲み手が決まったな」

高札を立て終わらないうちに、通りかかった者が集まって来た。大酒の合戦が、町の者たちの関心を集めていることを卯吉はそれで感じた。

この高札には、当日誰が一番になるかの投票を行い、当たった者の中から抽選で一名に、その酒樽一つを与えるということも記されていた。

「おれが一番を当てて、酒樽を持ち帰ってやるぞ」

誰かが叫んだ。

「いや、おれだ」

という者があり、その場は盛り上がった。大酒の合戦は新川河岸だけでなく、江戸中を巻き込んで五日後に行われようとしていた。

第五章　開始の太鼓

一

「お酒をたくさん飲める熊蔵さんという人は、体が大きいの」

算盤《そろばん》の稽古《けいこ》をしているときに、おたえが問いかけてきた。

「熊というくらいだからな、大きいぞ」

卯吉は両手を広げて、その体の大きさを示して見せた。だいぶ大袈裟《おおげさ》にしていた。

「じゃあ、食べられてしまうの」

おたえは小菊と共に、目の不自由な熊蔵の女房の世話をする。だから気になるようだ。

「そうだ。怖いぞ」

「ええっ」

「でもな、おたえは優しい子だから食べられない」

少しほっとした顔になった。脅《おど》し過ぎてはいけない。

「熊蔵はな、見た目は怖いが実は優しい人だ。目が悪いおかみさんを、とても大事にする」

「ふーん」

考え込むおたえの横顔が寂しげに見えて、卯吉はどきりとした。母親の小菊は、亭主の市郎兵衛に大切にされていない。それを思い出させたのならば、余計なことをしたと後悔した。

算盤の稽古を続ける。

小さな指が、意志を持った生き物のように動いて珠を弾く。胸中にある屈託を、そうやって弾き飛ばしているようにも見えた。

この子のために、自分は何ができるのか。卯吉は考えた。

算盤の稽古を終えて、卯吉は日本橋界隈《にほんばしかいわい》に出た。三軒の顧客と、福泉の買い手を求めて新たな小売りの店に訪ないを入れる。

武蔵屋の名を知らない小売りは少ない。しかし新たに仕入れるかとなると、都合よくは行かない。

「大酒の合戦で、上位に入ったら仕入れさせていただきますよ」

という言葉が返ってくる。ぞんざいな扱いはされないが、合戦の結果を見てからということに他ならない。

「一樽だけ、いただきましょう」

という店も中にはあった。一番になったら、注文が殺到する。そのときは、他よりも先に納品をしろよという含みを持っての注文だった。

次の店に行くために、卯吉は日本橋南橋袂《みなみばしたもと》の広場に出た。読売《よみうり》売りが、声を上げていた。

「大酒の合戦に誰が何を飲むか決まったよ。誰が一番になるか、予想も書いてあるよ。さあ、買った買った」

その声に吸い込まれるように人が集まり、読売が買われてゆく。老若の男だけでなく、女も買っていった。卯吉も四文を出して一枚を買った。

『一番は　澤錦の照達か灘桜の亀造か　鯉屋利兵衛も侮れず』

大きな文字で記されている。丙助がいなくなって、この三人が上位を狙う者として名が挙がっていた。

　読売を手にした隠居ふうと二人のお店者《たなもの》ふうが話をしていた。立ち止まった卯吉は、その話に耳を傾けた。

「私は鯉屋だ」

「照達の方が行けるぞ」

　一番を当てて、四斗の下り酒を手に入れようという者たちらしい。一番を決めるだけでなく、それが誰になるか当てさせるというのが、合戦の評判を上げていると感じた。

「刺された丙助のことがあるからだろうね、用心棒をつけた店があるようですよ」

「家から出ない人もいるらしい」

「問屋が、囲い込んでいるわけだね」

　いろいろな噂《うわさ》が飛んでいる。

「雇った用心棒に、競争相手の酒を飲む者を刺させるんじゃないかね」

「刺さなくたっていい。攫《さら》ってどこかの倉庫にでも閉じ込め、合戦が終わったら外へ出せばいい」

「なるほど、そういう手もあるな」

男たちは好き勝手に話しているが、ないとは言えないと卯吉は考えた。

その日の暮れ六つ過ぎ、卯吉は店裏の倉庫で、在庫の確認をしていた。市郎兵衛は半刻前に、いそいそとした様子で店を出て行った。松枝町《まつがえちょう》のおゆみの家に行ったものと思われた。

昨日から、亀造が移り住んでいるはずだった。

店の戸を叩いて、慌てた様子で入ってきた者がいた。

「どうも様子がおかしくてね」

戻って来た市郎兵衛が、乙兵衛に話している。

「亀造が家を出たきり、行方が知れない」

という声が聞こえて、卯吉は店の土間へ出た。他の手代や小僧も同様だ。

「どういうことか、ちゃんと言ってごらん」

飛び出してきたお丹が、問いかけた。

亀造には、夜の商いはさせないことにしていた。場所も人通りの多いところに限らせ、夕暮れになる前に戻るようにおゆみは伝えていた。

「それが、暗くなっても戻らない」

普段ならば気にも留めないが、時期が時期だった。市郎兵衛にしては、動きが早かった。

「ならばすぐに捜させよう。何かあってからじゃあ、遅いからね」

お丹は奉公人たちを集めた。

「皆で手分けして捜すんだ。亀造は浜町河岸《はまちょうがし》を中心にして町を廻っていたから、まずはそこからだ。町の人に聞けば、動きも分かるかもしれない」

「そうだ。しっかり捜せ」

市郎兵衛も声を上げた。一人一つの提灯《ちょうちん》が用意され、新しい蠟燭《ろうそく》に火をつけた。すべての手代と小僧は、武蔵屋を出て浜町河岸へ駆けた。

浜町堀は日本橋界隈を、大川に並行して南北に流れている。南の半分くらいが武家地で、北側が町地になっていた。北から捜してゆく。

「ああ、亀造さんの屋台ならば、九つ前に通油町《とおりあぶらちょう》で見かけましたよ」

通りかかった豆腐売りに卯吉が尋ねると、そんな言葉が返ってきた。不審な様子は、まったくなかったとか。

「さあ」

首を傾《かし》げる者も少なくなかったが、この界隈では馴染《なじ》みの者だったから、姿を見たと告げる者は少なくなかった。

「亀造さんの蕎麦の味は、いいよ。鰹節《かつおぶし》の二番出汁と煮干しを使っていてね、他の屋台の蕎麦とは段違いだ。だからあの人がやって来るのを待っている客もいる」

蕎麦の評判は悪くなかった。

「でもね、酔っぱらって、来ない日もあった。ちゃんと精出してやれば、じきに借《か》り店《だな》くらいは持てただろうに」

惜しむ者もいた。さらに目についた者に、声掛けを続けた。

「さあ、今日は見かけませんね」

小川橋《おがわばし》のあたりまでくると、見たと告げる者はいなくなった。このあたり、東河岸は武家地になっている。亀造の姿を見たと告げられたのは、一つ北の高砂橋《たかさごばし》のあたりまでだった。

「すると何かあったのは、このあたりだな」

と見当をつけた。

それで西河岸の高砂町《たかさごちょう》や東河岸の武家地を念入りに探した。蕎麦の屋台は、動くのには邪魔になる。どこかにあると考えていた。

暗がりの一つ一つに、提灯をかざした。

「おお、これだ」

武家地の樹木の陰に、置いたままになっている蕎麦の屋台を発見した。近くで捜している手代や小僧を集めた。

「刺されでもしたなら、近くで倒れているかもしれない」

ともあれ念入りに捜した。土手下にも下りた。

「いないぞ。ここから攫われたのではないか」

「争った気配もありません。七輪の火も落としています。誘われてついて行ったのかもしれません」

「それもありそうだ」

卯吉の意見に、左右吉が頷《うなず》いた。日頃まともな話などしない相手だが、今は亀造を捜すために力を合わせていた。

高砂橋の下には、小さな船着場があった。今日亀造を目撃したすべての者は、屋台を担っている姿を見ていた。この場から離れたのならば、陸路ではなく舟を使ったと考えられた。

とりあえずここまでを、市郎兵衛に報告することにした。

「四日後には合戦だ。そのためには、少しでも早く亀造を捜さなくてはならない」

苛立《いらだ》ちを隠さず、市郎兵衛は言った。めったに見ない、気迫のある表情になっていた。卯吉はその様子を、店の土間の離れたところから見ている。

二

「左右吉、おまえはちゃんと捜したのか」

市郎兵衛は、八つ当たりをした。左右吉も灘桜を売らなくてはならない立場だから、顔色を変えて捜していた。その姿は、卯吉も目にしていた。市郎兵衛は、店にいただけだ。

「蕎麦の屋台を見つけただけで、何の手掛かりも得られなかったのか」

「は、はい」

悔し気な表情で左右吉は答えた。

そして定町廻り同心の田所紋太夫が、寅吉を連れてやって来た。お丹が呼んだものと思われた。

「何としても、捜してくださいまし」

ここまでの状況を伝えた上で、お丹が言った。

「わしが出張れば、亀造などすぐに捜せる。大船に乗った気持ちでいるがいい」

と言って、がははと笑った。そしてお丹が差し出した紙包みを、無造作に懐《ふところ》に押し込んだ。

亀造について、申し訳程度の問いかけをして、田所は店を出た。

「しっかり捜せ」

寅吉に命じると、田所は夜の河岸の道を立ち去って行った。


翌朝になっても、亀造は松枝町のおゆみの住まう家には戻らなかった。誘拐とも失踪とも決めつけることはできないが、武蔵屋にとっては痛手だった。

「灘桜はどうなるのか」

市郎兵衛は、それを案じている。

左右吉は朝から、浜町堀へ行かされた。田所に頼んでいても、あてにならないと市郎兵衛は感じているのかもしれない。ただ卯吉と力を合わせろとは告げられない。左右吉も、その気はないらしかった。

目を合わせることもなく、店を出て行った。

卯吉は朝の一仕事と、おたえの算盤指導を済ませてから、寅吉と亀造の屋台があった浜町河岸へ行った。誘拐にしろ失踪にしろ、亀造が姿を現さなければ事が有利に運ぶ者たちがいる。

その何者かが、亀造に危害を加えていないか。卯吉はそれが気になった。命を奪うまではしないと思うが、突発的に何が起こるか分からない。

「初次は、あれから浅草寺《せんそうじ》界隈に姿を見せていない。長屋にも戻った気配はないぞ」

「亀造の行方不明に、間違いなく関わっているな」

寅吉の言葉に卯吉は答えた。そのまま続けた。

「下馬評では、丙助と亀造がいなければ、照達やおみよ、鯉屋利兵衛が一番になる。しかし利兵衛は津久井屋が店に置いて、外に出ないようにさせている。手出しのしようがないので、とりあえずやりやすい亀造に目をつけたのではないか」

「数日のことだから、他の店のように外に出さなければよかったのだが、そこが市郎兵衛の甘いところだ」

寅吉は頷いた。ともあれ、置き捨てになっていた屋台近くの辻番小屋へ行った。番人の老人に、問いかけをした。

「蕎麦の屋台を運ぶ者の姿は、見かけなかった。また人が争う気配もなかったね」

と言った。ただ二人連れの町人が歩く姿は見たといった。しかしそれが亀造であるのか、またもう一人が何者であるかは、分からなかった。

「屋台を置いたら、この場に長居はしないだろう」

「しかし、どのような舟を使ったのだろう」

卯吉は、それが気になっていた。堀に目をやると、炭俵《すみだわら》を積んだ平底の荷船が、艪《ろ》の音を立てて進んでゆく。

「ああいう、荷船ではないだろう。猪牙舟《ちょきぶね》などの流しの舟を雇うとも思えない。やはりここに、あらかじめ手配をしておいた小舟を舫《もや》っていたのではないか」

船着場に立つと、それしか考えられなかった。

「行くとしたら、どこへ行ったのだろう」

「どこの舟を使ったか、にもよるな。初次が亀造を攫ったのならば、河内屋の舟かもしれないぞ」

下り酒問屋では、輸送用の小舟を持っている店は少なくない。河内屋も武蔵屋も持っている。

「いや、岩吉や初次の仕業ならば、なおさら河内屋の舟は使わないだろう」

人に気づかれたならば、言い逃れができなくなる。

「ならばどこの舟だ」

と問われて、卯吉は自分が岩吉や初次ならばどうするかを考えた。知り合いの問屋や船宿から借りることはできるが、それも調べられれば足がつきそうだ。どこから借りるよりも気づかれにくい相手として頭に浮かんだのは一軒だけだった。

「初次の親分仁五郎は、舟を持っていないだろうか」

「なるほど。こちらが初次が関わっていることに気付いていないと思っているならば、使うだろう」

そこで仁五郎の縄張りである、浅草寺門前の町へ行った。子分らしい者に訊くと、

「どうしてそんなことを尋ねるのか」と怪しまれて面倒なことになりそうだ。そこで界隈の屋台の主人や、舂米屋《つきごめや》や薪炭屋《しんたんや》などで問いかけをした。

「さあねえ」

六人に声をかけたが、首を傾げるばかりだった。そこで浅草川《あさくさがわ》の船着場へ行った。荷運びをしている人足や、荷船の船頭に問いかけた。

米や塩、味噌や醤油を商う店が並んでいるので、このあたりの船着場は、小型の荷船の発着が多かった。

「ああ、仁五郎親分は、小舟を持っていなさるよ」

三人目に声をかけた初老の人足が、そう答えた。

「その舟はどこに」

「この四つ先の船着場だ」

浅草材木町《ざいもくちょう》の河岸地で、大川橋《おおかわばし》に近いあたりだ。

早速出向いた。ここでは、醤油樽の荷下ろしが行われていた。船着場は仁五郎が持つものではなく、界隈の者が共同で利用するらしかった。

醤油樽の荷運びが済んだところで、荷運びをしていた人足に尋ねた。いつもこの近辺の船着場で、荷を運んでいるとか。

「仁五郎親分の舟ならば、あれだよ」

船着場の隅に舫ってある小舟を指差した。船頭の他に乗れるのは、せいぜい五、六人といったところだった。

「あの舟を漕ぐのは、いつも決まった者か」

「たいていは、宇作《うさく》という爺さんだ。ただ場合によっては、他の子分が漕ぐこともある」

宇作は、すぐ近くの裏長屋で、一人暮らしをしていると付け足した。

「ならば尋ねて、訊いてみよう」

舟がここにあるならば、宇作は長屋にいてよさそうだった。

「頑固な爺さんだから、気をつけた方がいいですぜ」

人足は言った。下っ端ながら、長く仁五郎の子分をしている者だと付け足した。

宇作は酒を飲むかと聞くと、「呑兵衛《のんべえ》だね」との言葉が返ってきた。そこで卯吉は、五合の酒を買った。十手に物を言わせて訊くのではなく、下手に出て尋ねる方を選んだ。

「なんでえ」

姿を現したのは六十をやや過ぎた歳で、赤銅色した膚《はだ》の、頬骨の張った男だった。身に着けているのは、洗いざらした半纏《はんてん》だ。卯吉の顔を見るよりも、酒徳利《どっくり》に目をやっていた。

「ちと教えて欲しいことがあるんですよ」

酒徳利を持たせてから、卯吉が言った。傍にいる寅吉は、十手を懐の奥に隠して見えないようにしている。

「話せるか話せねえかは、中身によるぜ」

もったいをつけた。

「いえ、船着場にある親分の舟についてです」

あくまでも下手に出て問いかける。それで相手がいい気分になって話すならば、これほど容易《たやす》いことはない。

「親分の舟は、勝手に子分が使うことができますか」

「何を言いやがる。そんなこと、できるわけがねえ」

「ではどうすれば、乗り出すことができますか」

「親分に訳を話して、使わせていただくしかねえ」

「そうでしょうねえ」

まさか人を攫うために貸してくれとは、いくら地回りの親分にでも言えないだろう。

「では、初次さんが使うなどは、あり得ないわけですね」

気落ちして、卯吉は呟《つぶや》いた。与えた五合の酒が、無駄になった。

「いや、そうでもないぞ」

老人は胸を反らした。そして五合徳利の栓を抜き、ごくりと旨《うま》そうに飲んだ。

「親分に断らなくても、使う手立てがあるのですか」

「まあ、大きな声じゃあ言えねえが、おれの胸先三寸だ」

「なるほど」

銭次第ということらしかった。舟の管理が役目だから、親分が使わないと分かっていれば、銭を得て使わせることもあるのかもしれない。

「誰にでも、てえわけじゃあねえけどな」

初次は下っ端とはいえ、仁五郎の子分なのは事実だ。乗り逃げはないと踏んで、使わせたかもしれない。

「初次さんに貸したのは、いつでしょうか」

ここが、肝心なところだった。貸したことを前提にして訊いた。

「昨日だ。昼飯を済ました頃にやって来て、暮れ六つまでには戻すという話だった」

「返したわけですね」

「もちろんだ。戻したのは、暮れ六つの鐘が鳴る四半刻くらい前だった」

さらに問いかけを続ける。

「他にも最近、初次さんに舟を使わせたことがありますね」

「ああ、あるよ」

その日を思い出させる。丙助が亀島川の河岸で刺された日だった。刺した男は、舟を使って逃げた。

卯吉と寅吉は、顔を見合わせた。きわめて重要な証言といっていい。小躍《こおど》りしたい気持ちを、抑えた。

　爺さんの長屋を出て、卯吉と寅吉は話をした。

「亀造を連れ出すのに使ったのは、間違いないな」

「舟を返した刻限から考えると、そう遠くへは行っていないだろう」

「岩吉や初次は、このあたりには土地勘がある。浅草寺門前界隈か聖天町《しょうでんちょう》あたりではないか」

　卯吉は思いついたことを口にした。亀造の行方に近づいていると思うから、気持ちは昂《たかぶ》っていた。

「初次は姿を消しているが、岩吉は捉まえられるぞ。連れ出して締め上げるか」

　寅吉が言った。

「そうだな。ただこちらが初次を洗っていると知ったら、亀造の隠し場所を変えてしまうかもしれない」

「それはまずいぞ」

　人一人を閉じ込めておくのは、容易なことではない。誰かに住まいや倉庫を借りていないか。そこを中心にして、亀造の行方を探した。しかしその日は、捜し切れなかった。

三

翌日も、卯吉と寅吉は、浅草寺門前界隈へやってきた。まずは初次の長屋へ行ったが、姿はなかった。昨夜も帰らなかったと、長屋の者は言った。

「どうせ、亀造の見張りでもさせられているのだろう」

ということで、初次を探すのは先送りにした。それで仁五郎の舟を借りた近辺の船着場から、亀造を下ろした場所を確かめるために聞き込みをした。

「初次が、二十代半ばの小商人ふうを伴って下りてはこなかったか」

岩吉が一緒だった可能性もあるので、その外見についても伝えた。

「さあ、覚えていねえな」

「もしかしたら下りたかも知れねえが、荷下ろしの最中だったら、誰も気づかねえんじゃないかね」

と告げられると、気持ちがめげた。「覚えている」と言う者はなかなか現れない。

それでも、御米蔵《おこめぐら》に近いあたりまで聞き歩いたが、望む返答は得られなかった。

そもそも舟を借り出してから返すまで、初次の顔を見た者はいなかった。

「浅草寺門前からは、やや離れたところに押し込めたわけだな」

となると、範囲が広くなって捜しにくい。ため息が出た。


一夜が明けて、大酒の合戦の前日となった。

「いったいどうしてくれるんだ」

市郎兵衛は朝から荒れている。左右吉は、昨夜も今朝も怒鳴られた。苛立つ市郎兵衛やお丹の声など聞きたくないので、卯吉は早々に店を出る。

おたえの算盤稽古は欠かさない。

「灘桜を飲む人が、はやく見つかるといいね」

おたえは、行方不明の背後に、どのような事情が潜《ひそ》んでいるかは知る由もないが、素直に灘桜を飲む者がいなくなったことを案じていた。幼くても、武蔵屋を思うからだ。

「大丈夫だ。必ず捜し出すぞ」

卯吉は頭を撫でながら伝える。

今日は茂助が、蕨宿へ熊蔵夫婦を迎えに行く。

「目が不自由だからな、知らない土地では助けがいる」

「うん。どんなに大きくても、わたしが手を引いてあげる」

おたえは生真面目な顔になって言った。熊のように大きくて怖い熊蔵の女房が、どのような人物なのか、あれこれ想像しているようだ。

稽古を終えた卯吉は、寅吉と二人で亀造捜しを行う。場合によっては、命に別状がある虞《おそれ》があった。それは避けなければならない。

そこで卯吉は、初次についてあれこれ考えた。初次だけでは埒《らち》が明かないので、親分の仁五郎も含めて考えた。

そこで浮かんだ疑問を、卯吉は口にした。

「仁五郎の表稼業は、何だろう」

地回りとはいっても、賭場や露店の場所割だけではないだろうと思い当たったのだ。

「確かに、そこから手掛かりが浮かんでくるかもしれねえな」

寅吉は卯吉の言葉に同意をした。そこで今日も、浅草寺門前の町へ足を向けた。

「さあ、いろいろやっているからねえ」

初めに問いかけた青物屋の親仁と、稲荷寿司《いなりずし》売りの婆さんは首を傾げただけだった。しかし三人目の甘酒売りは、異なる反応だった。

「富籤《とみくじ》を売らせていたと思いますが」

「そうか」

富籤売りは、まっとうな表稼業だ。富籤を催して、資金を得ようとする寺は少なからずある。一攫千金《いっかくせんきん》を夢見る者は少なくないから、求める者も多かった。

「寺ならば、亀造を押し込んでおく部屋の一つくらいは、どこかにあるのではないか」

そこを中心に聞いてゆく。

「どこの寺の籤を売っていたのか」

「さあ、いろいろだったと思いますが」

思い当たる寺の名を二つ挙げた。

他の者にも尋ねた。すると仁五郎の子分たちが富籤を売っていたと証言する者は、続けて現れた。それらの者からも、寺の名を聞いた。

湯島《ゆしま》や本郷《ほんごう》、四谷《よつや》や麻布《あざぶ》などの寺の名も挙がった。しかし借りた小舟で運べる場所に限定すると、たくさんはなかった。三ノ輪《みのわ》町の薬王寺《やくおうじ》と浅草新町《あさくさしんまち》の瑞泉寺《ずいせんじ》だった。

まずは山谷《さんや》堀《ぼり》の東の外れにある三ノ輪町へ行った。薬王寺で、寺侍に会った。岡っ引きは町奉行所配下で寺社は管轄外だが、不明の者を探す調べとして、寅吉は問いかけをした。

「仁五郎が当寺の富籤を一括で引き受けて町の方々に売ったのは間違いない。しかし初次なる者が、富籤売りにどう関わったかは存ぜぬ」

初次は下っ端だから、寺の者が気付かなかったとしても仕方がない。河内屋弥左衛門や番頭升之助、手代の岩吉の名も聞いていないと告げられた。念のため、庭掃除をしていた小坊主からも話を聞いた。

次の瑞泉寺でも、寺侍と小坊主に問いかけた。同じような返答があっただけだった。

「不審な者には、寺の軒先でさえ使用をさせることはありません」

もっともな言葉だと思われた。浅草新町は、山谷堀に架かる今戸橋《いまどばし》を北に渡ったあたりだ。このあたりは寺町で、歩いていると次々に寺が現れる。どこかから読経《どきょう》の声も聞こえてきた。

「おい、ずいぶん荒れた寺があるぞ」

歩いていて、寅吉が指差しをした。門扉《もんぴ》が崩れかけ、そこから覗く境内は、手入れがなされないまま雑草が繁《しげ》っていた。

「空き寺だな」

卯吉はそう言ってから言葉を呑んだ。

「ここならば、隅田川《すみだがわ》からもすぐだぞ」

「仁五郎の供で寺に出入りをしていれば、この空き寺には気付いただろうな」

二人は同じことを考えたらしかった。山門の前に歩み寄った。崩れかけた門扉の間から、中を覗いた。そこから見える範囲では、何事もない。無住の荒れ寺だ。

「周囲を回ってみよう」

そのままにする気持ちにはならないので、卯吉は言った。すると土塀《どべい》が一部崩れている場所があった。そこから出入りが出来そうな状況だった。

身を乗り出して、境内に目をやった。

「生えてきた夏草を、踏んだ形跡があるな」

「うむ。あれはまだ間もないぞ」

応じた寅吉が、そっと中に身を入れた。卯吉もそれに続いた。卯吉はここで、長めの棒を拾って握りしめた。

足音を忍ばせて、本堂の近くまで行った。話し声が聞こえた気がしたが、勘違いかもしれなかった。二人で廊下に上がった。

床板が腐っているので踏み抜かないように、音を立てないように気を配った。障子は閉められているが、紙はすでに破れている。そこから中を覗いて、卯吉は声を上げそうになった。

男が二人いた。一人が亀造だった。相当に殴られたようだ。顔が腫れて、痣《あざ》ができている。唇の端も切れて、血が滲《にじ》んでいた。もう一人が二十代半ばの、やくざ者といった気配の男だった。初次だと思われた。

亀造は、縛られてはいない。軟禁、といったところかと思われた。

「きさまら、何をしている」

だがこのとき、背後から声をかけられた。振り向くと、荒《すさ》んだ気配の浪人者二人が、こちらに目を向けていた。すでに腰の刀に手を触れさせて、鯉口《こいぐち》を切っている。

「中の亀造を、救いに来た」

卯吉は言った。ここまできては、何を言っても無駄だった。奪い返すしかなかった。寅吉も、腰の十手を抜いていた。

本堂の戸を蹴破《けやぶ》り、卯吉は建物の中に駆け込んだ。すると初次とおぼしい男が、長脇差で躍りかかって来た。外でのやり取りを耳にしていて、飛び込んでくることを踏まえて抜き払っていたようだった。

「このやろ」

男の動きは素早かった。こちらの喉を狙った突きが襲いかかって来た。卯吉は握った棒の端で、これを跳ね返す。

相手の体がそれでぐらついたが、一呼吸する間に体勢を立て直し、躍りかかって来た。今度は眉間を裁ち割ろうとする、振りかぶってからの一撃だった。しかしこれは動きが大きくなって、卯吉には通用しない。

棒を下から跳ね上げると、向こうの手首に当たった。

「わあっ」

長脇差が飛んで、切っ先が長押《なげし》に突き刺さった。卯吉は、相手の肩を強打した。鎖骨が折れた手応えがあった。

だがこのとき、背後に風を斬る刀身の音を聞いた。後ろを見ることもないまま、横に跳んだ。浪人の一撃が、背中を袈裟《けさ》に斬ろうとしていた。振り向いていたら、やられていた。

浪人は、それで動きを止めなかった。初めの勢いを保ったまま、卯吉の肘を襲う動きになった。

「やっ」

迫ってきた刀身を払い上げる。いつもならば室内では棒は揮《ふる》えないが、天井の高い本堂の中だったから幸いした。こちらの棒の先が飛んで、浪人の小手を打った。

「ううっ」

それで刀を落とした。

さらに一撃を加えようとしたところで、初次と見込んでいる男が、縁側から外へ逃げ出そうとしていた。

「おのれ」

男を逃がすわけにはいかない。卯吉は浪人から離れて、縁側へ駆け込んだ。

寅吉も浪人者を相手に争っていたが、この事態をそのままにはできないと感じたらしかった。同じように、縁側へ向かった。

男は顔を歪め、肩の痛みに耐えながら庭に降り立った。しかし動きは鈍い。卯吉が棒を足に投げつけると、もんどりを打って地べたに転がった。

寅吉が躍りかかって、その体に縄をかけた。

本堂に戻ると、亀造だけがいた。

「浪人二人は、あっちへ逃げた」

裏庭の方を指差した。銭で雇われた者たちだから、とことん争うつもりはないようだ。まずいと感じて逃げ出したものと思われた。

「この男は、何者か」

「初次という者だ。河内屋の岩吉と組んで、おれをここに押し込めていたんだ」

亀造が言った。よほど手荒い真似をされたらしく、その怒りをぶつけるような口調になった。

ともあれ刺されなくてよかった。亀造は武蔵屋へ、初次は大番屋へ運ぶことにした。近くの船着場へ行って、小舟を手配した。

四

卯吉と寅吉、それに亀造と初次が乗った舟は、山谷堀から霊岸島《れいがんじま》に向かった。その船上で卯吉は、亀造から攫われた折の様子や荒れ寺に押し込められていた状況を聞いた。

「浜町堀の高砂橋で商いをしていたとき、声をかけてきたのは河内屋の岩吉でした。試し飲みのときに顔を見かけていたので、怪しい者だとは思いませんでした」

「合戦に出るな、と言ったのだな」

他の客がいなかったからか、蕎麦を注文してから、いきなりその話題に入ったとか。

「そうです。出なければ、飲みたいだけ飲ませれくれた上で、一両くれると言いました」

酷《ひど》い目に遭っているから、迷うふうもなく亀造は言った。初次は鎖骨を折られた上に、縛られている。呻き声を挙げていた。

「一番になれるとは限らないわけだから、悪い話ではなかったのではないか」

亀造の立場になって考え、卯吉は言った。

「そうなんですけど、断りました」

「一番になる、絶対の自信があったからか」

「とんでもない。読売にあっしの名が載るたびに、はらはらしていやした」

「ではなぜ、断ったのか」

と問うと、わずかに考えるふうを見せてから、小さく笑った。自嘲の笑いだと感じた。黙っていると、向こうから話し出した。

「あっしは越後新発田城下にある実家から、酒がもとで勘当を喰らいました。でもおふくろが、江戸でやり直せと言って二十両くれやした。親父も、それは知っていたんでしょうねえ。ただ甘かったあっしは、その元手の銭を飲んじまったんですよ」

「…………」

「残ったのは、屋台を借りる銭と材料代だけでした。そんときは居直った気持ちで、食えて飲めりゃあいいと思っていやした」

しかし歳月が過ぎると、縁者のいないこの江戸で、蕎麦を売りながら飲んだくれている暮らしでいいのかと思うようになった。元は三男坊とはいえ、新発田城下の老舗《しにせ》の太物屋の倅《せがれ》だった。

「でもねえ、酒は止められなかったんですよ」

「それで大酒の合戦に出ようとしたのか」

「いえ、そりゃあ違いますよ」

卯吉の言い方が不満らしかった。

「死ぬほど飲んで、これを機にやり直そうと思ったんです」

「これを最後に、酒を止めようというつもりだったわけか」

「一番になれば、元手になる三両ももらえますしね。灘桜の四斗樽だって、金に換えればそれなりの額になるでしょうからね」

「しかし一番になれるとは限らないぞ」

「それならばそれで、いいんですよ。仕方がない。でも後悔なく飲むわけですから、やり直すにはいい機会になると思いやした。止めて一両貰っても、その銭にはあっしの気持ちがこもっていねえ。またずらだらしそうだから断ったんです」

岩吉はそれで引き上げたが、屋台を担いで河岸の道を歩いていたら、初次が現れた。客がいるから栄橋《さかえばし》を渡って武家地へ行ってくれと告げられた。行ったところで屋台を置かせられた。そして当身を喰らわされた。

「気がついたら、あの空き寺にいました。逃げようとしたら、殴る蹴るのとんでもない目に遭いました。浪人二人もいましたから、やられるままでした」

初次という名は、逃げた浪人たちが呼んでいたので分かった。食べ物は出されたが、外には出られなかった。

「明日の夕方には、ここから帰らせると言ってました。でもそうなれば、合戦には出られません。あっしを出さなくさせるために、押込めたんだと分かりました」

この場には、岩吉は姿を現してはいない。しかしその指図で初次が動いたのは、間違いなかった。

「では明日の合戦には、出るつもりだな」

「ええ、そのつもりです」

亀造は言った。

状況は分かったが、このままでは亀造の誘拐について、河内屋及び岩吉が関わったという明確な証拠はない。初次の単独犯行となる。逃げた浪人者は、手伝っただけだ。

大番屋で、初次に自白を迫るしかない。

卯吉は霊岸島で、亀造と共に舟から降りた。寅吉は、初次を連れて茅場町《かやばちょう》の大番屋へ行く。

亀造を連れた卯吉が武蔵屋の敷居を跨《また》ぐと、店の者たちがわっと出てきた。

「ああ、間に合った」

「よかった」

お丹と市郎兵衛は言ったが、連れ帰った卯吉には、目もくれなかった。

「ずいぶんと酷い目に、遭ったんだねえ。手当てをしておやり」

お丹は医者を呼ばせた。

「でも、酒は飲めるだろう。この程度ならば」

市郎兵衛は、傷や腫れを案ずる気配もなく言った。お丹と市郎兵衛が気になるのは、その一点だけだ。

「へえ、何とか」

亀造は答えたが、試し飲みのときのように飲めるかは疑問だった。大酒が傷口によくないのは明らかだ。

「誰が、こんなに酷いことをしたんだい」

お丹に問いかけられた亀造は、卯吉に話したのと同じ内容を伝えた。

「ならば初次にやらせたのは、岩吉じゃあないか。河内屋の仕業ということだ。田所の旦那に、捕えてもらおう」

「それはそうだ」

お丹の言葉に、市郎兵衛が応じた。

「お待ちください」

ここで卯吉が声を出した。無視をされてはいても、言うべきときに言わないと後で厄介なことになる。

「証言は、亀造さんだけです。今の段階では、河内屋どころか岩吉も関わったことを認めていません」

「…………」

「したたかな河内屋は、でっち上げだと逆に武蔵屋を責めてくるのではないでしょうか」

そうなれば合戦の前日に、下り酒問屋仲間は混乱を起こすことになる。せっかくの合戦が、ぶち壊しになるかもしれない。

さすがにそれは、お丹も市郎兵衛も控えなくてはならないと考えたらしかった。

「ならば初次というやつに、口を割らせなければなるまい」

市郎兵衛に言われるまでもない。大番屋で寅吉が、岩吉を問い質《ただ》しているはずだった。

卯吉が大番屋へ行くと、寅吉が初次を責め立てているところだった。卯吉は取り調べの部屋に入れてもらい、その様子を見た。

「亀造が何を言ったか知りませんがね、岩吉や河内屋さんは、関わりはありませんぜ」

骨折の痛みに堪えながら、初次は言っていた。簡略な手当てはしてあったが、痛みは強いはずだった。

「ではなぜ、攫ったのか」

「丙助が出られなくなって、一番になるのは亀造というのが、前評判だった。でもよ、その通りになっちゃあ、面白くねえ」

「だから攫ったのか」

「誰が一番になるか、賭けているやつもいます。当日、亀造が出なかったら、こちとらは儲《もう》かりますから」

合戦のときに、誰が一番かを当てる問屋仲間の催しもあるが、それとは別のものだ。勝手に誰が一番になるか、賭けをしているらしかった。

寅吉は手荒な尋問も行ったが、初次は岩吉が幼馴染であることを認めただけで、関与は否定し続けた。骨折の痛みと共に、堪えたのである。

卯吉と寅吉は、別室で話をした。

「攫ったとはいっても、身代金を要求したわけではない。合戦が済んだら、放免するつもりだった。殴って軽傷を与えただけだ」

「そうだな。それでは死罪や遠島《えんとう》にはならない。せいぜいが百叩きだろうか。それを見込んで、口を閉じているのだろう」

「河内屋の澤錦と鶴寿が上位に入ったら、それなりの銭を受取るんだろうな」

初次なりに計算をしている。

改めて尋問の部屋へ行き、寅吉は問いかけた。

「もし仮に、照達やおみよが上位に入らなかったらどうする。岩吉は知らぬが、主人の河内屋弥左衛門が、おまえの面倒を見ると思うか」

「叩き刑に遭ったおまえは、しこたま痛い思いをし、その後で放りだされるだけだ。岩吉だってそうなったら、何もできないぞ」

卯吉も、気持ちを揺する言い方をした。

聞いた初次は、一瞬顔を強張らせたが返事はしなかった。

「丙助を河岸道で刺したのは、おまえではないか」

「し、知らねえ。そんなことは」

「仁五郎の舟を借りていた。刺した後に、それで逃げたのではないか」

「言いがかりは止めてくれ。魚釣りをするのに、使っただけだ」

しぶとい男だった。

そのころ霊岸島の新川大神宮では、下り酒問屋肝煎《きもい》りの坂口屋吉右衛門の指図によって、会場の支度が進められていた。各問屋から、奉公人が集まって来ている。

合戦の参加者は、本殿を囲む回廊に四斗樽を置き、その脇で飲む。

当日は多数の見物人が見込まれるので、縄を張って各店の小僧が見張りをする。怪我人などが出たら、催しは台無しになる。

周到な吉右衛門は、寺社奉行にも依頼をして、同心を出してもらう段取りを整えていた。夕方には、すべての用意が終了した。

明日は昼四つ半（午前十一時）から、昼八つ（午後二時）の鐘が鳴るまでの勝負となる。

五

合戦の朝になった。初夏の日差しが、新川堀の水面を照らしている。

小菊とおたえは、熊蔵の女房の世話をするために、あらかじめ茂助が逗留している旅籠《はたご》で待機する。合戦が終わるまで面倒を見る。

武蔵屋を出る小菊とおたえを、卯吉は見送った。

「熊蔵さんらは、もう船に乗ったでしょうか」

小菊が言った。迎えに行った茂助と共に、熊蔵と女房は今日の未明に蕨宿を発っているはずだった。女房は陸路では駕籠に乗せ、戸田河岸からは通行する荷船に乗り込ませる。合戦が始まる刻限には、充分間に合うはずだった。

「茂助叔父《おじ》が一緒ですから、間違いはないでしょう」

卯吉はそう告げてから、おたえの頭を撫でた。

「頼んだぞ」

「大丈夫だよ」

おたえは心細さを振り払うように、笑顔で言った。

その後卯吉と左右吉は、小僧に命じて灘桜と福泉を一樽ずつ運び出して荷車に積ませた。新川大神宮の境内へ運ばせる。

「いよいよだな」

声をかけてきたのは、分家の手代丑松だった。手伝いの一人として、加わっていたのである。合戦の開始にはまだ間があるが、見物の者が集まり始めていた。

入口には、大きな木の板に、酒の銘柄と扱う問屋名、それに飲む者の名が記されている。見物人が境内に入るためには、正面の鳥居を通らなくてはならないように、縄が張ってあった。ここから入る者には、問屋仲間の印を捺《お》した一枚の紙片を渡す。これに住まいと名を記させて、各銘柄が墨書されている木箱に入れさせる。

これが一番予想の投票になり、ここから一枚が抽選で四斗の下り酒の当選者となる。すでに投票が始まっていた。

卯吉ら各店の者が運び入れた四斗樽は、間隔を開けて回廊に並べられる。脇には塩とカラスミ、梅干が載った三方、それに一升の大杯が置かれている。

「おれは澤錦の照達に百文賭けるぞ」

「照達よりも、鯉屋の方が行けそうだぞ」

下り酒問屋仲間がする抽選ではなく、勝手な賭けをしている者もいる。

人が増えると、投票用紙を渡す場もごった返してきた。ここでは丑松ら各手代や小僧だけでなく、お結衣や今津屋の者も手伝いに来ていた。

亀造を攫わせたと見込んでいる河内屋弥左衛門や番頭升之助、手代岩吉の姿も見える。すでに昨日のうちに奪い返されたことは分かっているはずだが、何かの動きをすることはなかった。境内でも、卯吉には近づいてこなかった。

そして四つを過ぎる頃には、飲み手が現れた。お丹に連れられた亀造の顔の腫れは、まだ引いていない。唇の端の傷も、やっと瘡蓋《かさぶた》ができたといった塩梅《あんばい》だった。

「しっかり、呑んでもらわないとね。渡すものは、渡しているんだから」

お丹は亀造に発破《はっぱ》をかけていた。

合戦に出る飲み手の多くは、大酒が飲める上に三両がもらえる、という欲に駆られて参加をしている。亀造もその一人だが、本人なりの事情を抱えて、合戦に参加していた。湯屋の釜焚きの宗太は、妹夫婦の力になりたいと思っている。照達は、僧侶として踏み外してしまった己の人生に対して、恨みをこめて飲もうとしていた。

坂口屋の灘誉を飲む伊原正兵衛の姿も見えた。武骨そうな浪人者で、試し飲みのときよりも緊張している様子だった。

近くに坂口屋の手代尚吉がいたので、卯吉は問いかけた。

「伊原様の調子はどうですか」

「悪くないと思いますよ。あの方は、合戦で得た賞金と、賞品の酒を金に換えて、その金子《きんす》を路銀にして、仕官の旅に出ます」

尚吉が言った。妻女と幼い子どもを連れての旅だそうな。

「宛てがあるのですか」

「さあ。遠江《とおとうみ》にある、お大名家だそうです。とにかく行かなければ話にならないとかで」

「うまくいってほしいですね」

太平の世に、仕官は難しい。けれども機会があるならば、挑んでみなくてはならないだろう。

たとえ一番二番にならなくても、坂口屋では、多少の路銀は持たせるだろうと尚吉は言った。吉右衛門らしい配慮だと卯吉は感じた。

開始の四半刻ほど前になって、飲み手のほとんどが姿を見せていた。

「熊蔵さまは、どうしたのでしょう」

落ち着かない表情のお結衣が、問いかけてきた。それは、卯吉も気になっていたことだった。境内に、まだ姿を現していないからだ。

お結衣は、案じてくれていたのだ。

遠路の道をやって来る。船の利用もあるから、何か事があれば、一刻や二刻遅れることはないとはいえない。しかしそれを見越した刻限に、茂助は蕨宿を出ると言っていた。

「とにかく、待つしかありませんね」

今となっては、飲む者を代えることはできない。何者かが襲ったのかとも考えたが、誰の言の葉にも上らない、無名の飲み手だった。襲う者があるとは、思えなかった。

どんどんと、太鼓の音が境内に響いた。それを合図に、各問屋の主人と飲み手が昇殿し、神前に並んで座した。これには、寺社方の同心も加わった。笹竜胆《ささりんどう》紋の狩衣《かりぎぬ》に烏帽子《えぼし》を被った神官が現れ、神式が始まる。

再び太鼓が鳴った。これでそれまでざわついていた境内が、しんとなった。拝殿に向かって、両手を合わせた者もいる。自分の予想が当たることを、祈願したのかもしれない。

神官が祝詞《のりと》を奏上する。その声が、あたりに響いた。下り酒問屋の繫昌《はんじよう》と、大酒合戦の無事終了を祈願したのである。

神事が済むと、飲み手たちは回廊に置かれた、それぞれの四斗樽の脇に座った。並んだ樽の中で、飲み手がいないのは福泉の熊蔵だけだった。卯吉は境内から飛び出して、船着場まで様子を見に行きたい気持ちと闘っていた。しかしそれはできない。

卯吉は開始と終了の太鼓を叩く役目を担っている。

「いったいどうしたのだ」

市郎兵衛が、厳しい目を向けてきた。熊蔵の不在を責めている。

「それが、まだ」

「もし現れなかったり、遅れて来て下位にでもなったりしたら、おまえは武蔵屋にはいられないぞ」

言い残すと、去って行った。

鳥居のあたりが、賑わっている。今やって来た者が、予想の紙を受取っている。一番を予想する紙の投函は、開始の太鼓が鳴るまでしか認められない。始まれば、箱は片付けられてしまう。

いよいよ、太鼓を叩かなくてはならない刻限となった。卯吉は改めて鳥居のあたりに目をやったが、熊蔵の姿はなかった。

狩衣姿の神官が、回廊に出て来て御幣《ごへい》を振った。これが合図である。卯吉は太鼓を力を込めて叩いた。その音が境内に響いた。

わあっと、喚声が上がった。

樽の脇には、酒を出した問屋とは違う問屋の小僧がいて、栓を抜いて一升枡に酒を入れる。それを大杯に注いだ。小僧は、不正がないように見張る役目もしていた。

参加した者たちは、ここで一斉に飲み始める。勢いのある、見事な飲みっぷりだった。最低でも半刻に三升は呑める者たちだから、試し飲みのときとは様子が違った。

「これじゃあ、誰が一番になるか、見当もつかねえぞ」

と漏らした者がいた。見物人たちは、固唾を呑んで、酒を飲む姿に見とれていた。

最初の一升を飲み終えたのは、天神を飲む駕籠舁《かごか》きの稲太郎だった。女房と四人の子どもがあると聞いている。賞金で自前の駕籠を持ちたいと考えていると聞いた。

試し飲みで一番だった宗太は、初めからは飛ばしていない。やや手加減しているように見えた。二番目は花扇のおトミだった。

「おおっ」

女が男たちをさし置いての事だから、喚声が上がった。境内には、ざっと見ただけでも五、六百人ほどの人がいると思われた。入りきれない者たちが、境内の外にいる。

「やはり熊蔵は、来ないのか」

卯吉は興奮する者たちの中で、一人冷めた気持ちになっていた。四半刻も遅れたら、たとえ来られても、猛者《もさ》たちにはかなわない。

「おい」

そのとき、すぐ背後から声をかけられた。現れたのは、茂助だった。その背後には、熊蔵の姿があった。

「済まぬ。乗った荷船が、荷積みに手間取ってな」

早速熊蔵を、福泉の樽の側へ連れて行った。到着したばかりでも、飲み始めてもらう。

「何だい、ありゃあ。熊か」

大きな体で蓬髪《ほうはつ》の外見は、熊を連想させる。

「おお。そういやあ、名も熊だった」

茶化す声があって、周囲にいた者たちは笑った。

方だ。熊蔵は注がれた酒を、喉を鳴らして飲んだ。遅れても急いではいない。力強い飲み

ただ四半刻近く飲み始めが遅れた。主だった者たちは、二升目を飲み終えようとしていた。

一番に三升目にかかったのは、稲太郎だった。勢いが衰える気配がない。これに続くのがおトミと照達、それに鯉屋だった。

亀造は、やや苦戦しているかに見えた。体が完全ではないからか、勢いはない。しかし気迫は失っていなかった。初めから無理をしないという戦術かとも思われた。

「さあ、飲め。負けるな」

市郎兵衛は、祈るような呟きを繰り返した。お丹は両手を合わせて、亀造に目をやっていた。

半刻過ぎる頃には、ほとんどの者が三升を飲み終えた。稲太郎と照達、鯉屋は、四升の半ばくらいにいっていた。しかしここへ来て、稲太郎の飲む勢いが衰えてきた。逆に勢いをつけてきたのが、亀造だった。

「あんな腫れた顔をしていたが、どうしてやるじゃあねえか。あいつに賭けておいて、よかったぜ」

そう言った者もいた。

熊蔵は急がない。しかし変わらない飲みっぷりなので、いつの間にか三、四人を抜いていた。

「あれならば、真ん中くらいにはいくぞ」

丑松が言った。卯吉としてはもう少しいって欲しいが、仕方がないところだとも感じた。

一刻が過ぎる頃になると、状況が変わって来た。四升半を飲み終えた稲太郎の手の動きが鈍ってきた。順調についてきていたおみよも、杯を置いてため息を吐くようになった。

五升目に入っても、飲む勢いが変わらないのは数人だけだった。照達と鯉屋、宗太、伊原、おトミだ。この五人が上位を占めている。亀造は飲む勢いは変わらないが、四升を飲み終えたのは、五人よりも遅れた。そしてこれに続いているのが、熊蔵だった。

「あの熊、行けるんじゃあねえか」

そう言い出す者が現れた。

中天にあった日が、わずかに傾き始めた。あと四半刻というところまで来て、宗太とおトミが苦しそうな様子を見せた。ここで初めは調子を上げていた稲太郎が、立ち上がった。苦しそうに廊下を歩いて、地べたに立った。ここで一気に、飲んだ酒を戻してしまった。

稲太郎は、ここで失格になった。

最初に六升を飲み終えたのは、照達だった。続いて伊原、鯉屋が続いた。そして四番目が、熊蔵だった。

「な、何だ。あの熊は」

声が上がった。

熊蔵は、淡々と飲み続けている。ただ飲むのではなく、味わって飲んでいた。カラスミや梅干を、ときおり口に放り込む。

「へたをしたら、鯉屋を抜くんじゃあねえか」

ここへきて熊蔵は、観衆の注目を浴びるようになった。この頃には、伊原の勢いも鈍ってきた。

「おや、坊さんも苦しそうだぜ」

一番だった照達も、ふうとため息を吐くようになった。

「そろそろ刻限だぞ」

尚吉に言われた卯吉は、太鼓の傍に寄った。昼八つの鐘が鳴り始めたら、太鼓を打たなくてはならない。それで終了だ。

「くそっ。おれが賭けた銭は、取り上げられるぜ」

一番になりそうな者は、絞られている。圏外の者に賭けた者は、力の抜けた声を出した。

そしてついに、昼八つの鐘が鳴り始めた。卯吉は、力の限り太鼓を叩いた。境内に集う者たちが、一斉に喚声を上げた。

下り酒問屋の肝煎り吉右衛門と、新川大神宮の神官、それに寺社奉行所の同心が、飲んだ酒の量を検《あらた》める。伊原と鯉屋、熊蔵が八升目に入っていた。

見物人たちは、固唾を呑んでその様子を見ていた。確かめを済ませ、検め役の三人は頷き合った。神官が、境内の者たちに向かって声を張り上げた。

「一番は熊蔵。八升七合を飲んでいた」

「わあっ」

「あいつ、遅れて来たんだぜ」

事前に、熊蔵が一番になると予想した者がどれだけいたか。予想外の展開に、驚きの声が上がっていた。

「一番は鯉屋利兵衛で、八升四合。三番は伊原正兵衛殿の八升二合だった」

順位が告げられた。どれも、酒豪と言っていい量だった。すべての者が、ふらつくこともなく立ち上がった。

八升を飲み切れなかった照達は四番、おみよは途中で気分が悪くなったのか、下位にまで順位を落としていた。おトミと亀造は、真ん中あたりだった。

河内屋と相模屋は、満足な結果を得られなかった。

六

「しかしあれだけ、よく飲めるな」

「まったく。福泉というのは、そんなに旨い酒なのか」

「ああ、飲んでみてえな」

職人ふうの三人連れだ。新川大神宮の境内から引き上げていった。

「ご立派ですね。よく熊蔵さんを、探し当てましたね」

お結衣に言われて、卯吉は嬉《うれ》しかった。

「二番や三番になった豊響や灘誉だって、行けるんじゃあねえか」

という者もいた。見に来ていた者たちは、思いがけない展開があって、満足して引き上げていった。

「それにしても、福泉の熊蔵が一番になるなんて予想した者がいたのかね」

疑問を呈する者もいた。卯吉は箱の中を覗いたが、それでも数枚入っているのには魂消《たまげ》た。

明日は一番から三番までの福泉、豊響、灘誉の三樽を先頭に、上位の酒樽を担って江戸の町を練り歩く。幟旗《のぼりばた》を立て、三味線などの音曲《おんぎょく》も鳴らす。練り歩いた一行は、新川大神宮に戻る。酒は奉納され、神事が行われる。そのあと福泉の箱から、神職が一枚を引き抜き、四斗樽が与えられる。

福泉の箱に入っていた紙は、十九枚だった。それでも、これだけの人が入れていたのは驚きだった。

「たくさんいたら、どうせ当たらねえからな。それならいっそと思って、福泉に入れたんだ」

職人ふうの男が、興奮気味に話していた。

下り酒問屋仲間にしてみれば、品を売り込むための催しだ。大成功といってよかった。

「福泉は、さすがに武蔵屋の酒なんだねえ。てえしたもんだ。さすがは老舗だ」

「熊蔵ってえのは、卯吉さんが遠くから捜し出してきたらしいよ」

いつの間にか、そんな話も広がっていた。

お丹と市郎兵衛は、熊蔵や卯吉には声もかけずに引き上げていった。亀造には一瞥《いちべつ》さえしなかった。

「ご苦労でしたね」

卯吉が亀造をねぎらった。もともとは、福泉を飲むはずだった。暴行を受けていなかったら、熊蔵らといい勝負をしたはずである。

「地道に蕎麦屋を続けますよ」

そう言って引き上げていった。今となっては、他に声掛けをする者もいなかった。

上位にならなかった飲み手は、すべて同じだ。いつの間にかいなくなった。

河内屋の照達は四番だった。決して悪い結果ではなかったが、主人の弥左衛門にしてみれば、満足の行かない結果だといっていい。いつの間にか姿を消していて、升之助と岩吉が後片付けで残っていた。照達もいつの間にか、姿を消していた。

「見事でしたね」

卯吉は熊蔵に感謝の気持ちを伝えた。

「いやあ、旨かった」

そう言って、坂口屋吉右衛門から貰った賞金の三両を、大事そうに懐に押し込んだ。

「かかあの、薬代にしますよ」

熊蔵は言った。もう一つの賞品である四斗樽は、問屋仲間から蕨宿の長泉寺まで送られる。

小菊とおたえが、熊蔵の女房の手を引いて姿を見せた。

「よかったね、熊さんが一番で」

駆け寄ってきたおたえが言った。いかにも嬉しそうだ。もう怖がる気配は微塵《みじん》もない。

「おたえさんには、お世話になりました」

熊蔵の女房が言った。おたえと女房は、半日一緒に過ごして、すっかり仲良しになったらしかった。

老夫婦は、茂助に連れられて船で新川河岸を離れて行った。

境内では、後片付けが行われている。卯吉には、別の仕事があった。

「岩吉さん、ちと付き合ってもらいますよ」

と声をかけた。

「何ですか、私は別に、あんたに用はありませんが」

当然のごとく、警戒する姿勢を見せた。

「いえ、社務所の一室でお話をするだけです。来ていただかないと、後で面倒なことになるかもしれません。初次さんに関わる話でしてね」

そう告げると、仕方がないという顔になった。

社務所の一室を借りた。広い部屋を襖で仕切った、片方の部屋に、岩吉を入れて卯吉は向かい合って座った。そこには、寅吉も姿を見せた。これは卯吉と寅吉が、打ち合わせていたことだ。

「亀造を拘束した初次を、山谷堀の北にある荒れ寺で捕らえた。もう分かっているだろうがな」

寅吉が問いかけた。連絡が途切れているし、亀造が合戦の場に現れたことで、おおよその推察はしているはずだった。

「さあ、何の話でしょうか」

岩吉はとぼけた。知らない、で済ませるつもりらしい。

「初次は、丙助も刺しているぞ。仁五郎の舟を使ってな」

と伝えると、一瞬岩吉の目が泳いだ。「仁五郎の舟」というのが、驚きだったらしい。そこまで探っていたとは、思っていなかったのだろう。

しかしすぐに気を取り直したらしかった。ふん、という目で見返してきただけだった。かまわず寅吉は続けた。

「初次は丙助を刺し、亀造を監禁した。その罪は重い。このままならば初次は、間違いなく島流しに遭うぞ。それでよいか。おまえにとっては、大事な幼馴染のはずだ」

卯吉は大袈裟に伝えた。岩吉は、不快そうに首を横に振った。

「待ってください。あいつがどうなろうと、知ったことではありませんよ。私や河内屋にとっては、まったく関わりのないことです。あいつが銭欲しさにやったことだと思います」

吐き捨てるような言い方だった。

「親しい幼馴染ではないのか」

これは、岩吉の本心を聞くという意味も込めて問いかけていた。

「さあ、どうでしょう。しょせんあいつは、半端者の破落戸です。銭のためならば、何でもするやつですよ」

「それは、本心か」

これは卯吉が問いかけた。大事なことだと思うからだ。

「大酒の合戦では、河内屋は面白くない結果となりました。旦那さんは気性の激しい方ですから、私はどうなるか分かりません。初次の事なんて、かまっていられません」

岩吉は言い切った。

確かに河内屋では、下駄職人の喜平に出場をあきらめさせるところから始めて、いろいろ手を使ってきた。しかし結果は、照達が四位でおみよにいたっては下位だった。

「ではその証言に、間違いはないな」

寅吉が、念押しをした。

「もちろんです」

岩吉は胸を張った。

そこで卯吉は座を立って、閉じられている隣室との間仕切りになっている襖に手をかけた。そのまま横に引いた。

「わあっ」

悲鳴を上げたのは、岩吉だった。隣室にいたのは、縄打たれた初次だった。鎖骨を折られ、痛みの消えない状況ではあっても、いましたやり取りは、筒抜けだったはずである。

初次は憤怒の眼差《まなざ》しを、岩吉に向けていた。

「何を言いやがる。丙助や亀造を合戦に出られなくして、河内屋に勝たせようと話を持ってきたのは、おめえじゃあねえか」

怒りをぶつけるように、初次は言った。自分が捨て駒にされることを知ったからだ。

「し、知らない。そんなこと」

「うるせえ。神田明神前の居酒屋や親分の舟を借りるのにあたってだって、銭を出したのはおめえだ。その様子は、居酒屋のおかみや親分とこの船頭だって見ているんだ。しかも俺は、前金に五匁銀十二枚を貰っている。およそ一両だぞ。そんな銭を、おめえが持っているわけはねえ。河内屋に指図されたってえことだ」

ここまで言われると、岩吉は体を震わせた。

「居酒屋のおかみや仁五郎の子分の船頭は、おまえの顔を覚えていたぞ。おまえの顔を、境内で見させたからな」

寅吉は決めつけるように、言葉をぶつけた。これで岩吉の体から力が抜けた。逃れられないと、察したらしい。

「すまねえなあ、はっちゃん」

岩吉は鼻水を啜りながらそう言った。「はっちゃん」というのは、初次の子どものときからの呼び方らしい。

「番頭の升之助さんに命じられました。銭も、升之助さんから貰いました。初次に声掛けをしたのは、私の方からです」

岩吉は白状した。目に涙を溜めていて、初次はそれを見て嗚咽を漏らした。寅吉が、岩吉と初次を、大番屋へ連れて行った。

そこで寅吉は、番頭の升之助を呼び出した。しかし升之助はしたたかな男だった。

「私は何も存じません。銭も渡してはいません。岩吉が勝手にしたことでございましょう。小細工をして河内屋の良いようにし、旦那様に気に入られようとしたのでございましょう。けしからぬやつでございます」

岩吉に対して、激しい怒りを見せた。主人の弥左衛門も同様に、関与を認めなかった。岩吉が店の銭を持ち出して、勝手にしたことになった。

「蜥蜴《とかげ》の尻尾切りではないか」

寅吉から話を聞いた卯吉は、歯軋《はぎし》りをして悔しがった。しかし犯行に関与した証拠は、最後まで得られなかった。

合戦があったその日から、福泉の注文があった。売りあぐねていた在庫は、一掃される勢いだった。それに呼応するように、灘桜の注文も増えた。

卯吉の功績だが、お丹と市郎兵衛は、一切そのことに触れなかった。店の中では、卯吉は冷遇されたままだった。

七

その翌日の昼下がり、合戦で一番になった福泉と上位入賞をした酒の行列が行われることになっていた。卯吉は新川大神宮へやって来た。

神田と日本橋、京橋《きょうばし》界隈を一回りして霊岸島の新川大神宮へ戻る。そこで抽選を行い、当りの者には、福泉一樽が与えられる。

樽酒は神輿《みこし》のように担える形にして、造花が飾られていた。三味線を手にした芸者衆や、鉦《かね》や小太鼓を手にした幇間《ほうかん》たちも顔を揃えた。一同が並ぶと、なかなかに艶《あで》やかだ。

樽酒を担うのは、各問屋の小僧たちである。

支度が今にも調おうとしているところへ、寅吉が卯吉のもとへ顔を見せた。町奉行所の吟味役が岩吉らの調べを続けているが、大まかな処分について見込みがついたというので知らせに来たのだった。

「岩吉と初次は、百叩きの上、三年の寄場送りになるだろう。丙助には怪我をさせたが、殺すつもりはなかった。また亀造の誘拐も、金品を奪うことが目当てではなかったからな」

「まあそんなところだろうか」

「弥左衛門と升之助は、屹度《きっと》叱《しか》りという甘めの処罰となった」

共犯ではなく、監督不行き届きという罪状だった。

「腹立たしいが、河内屋の商いはやりにくくなるだろうな」

「それはそうだ。大酒の合戦で目立つ結果を出せず、奉公人が不正を働いたという事実が残ったわけだからな」

弥左衛門は逃げ切ったかに見えるが、商いの面では信用を失った。とてつもなく大きな損害といってよかった。甘めな処罰は、そういうことを含めてのものらしかった。

「さあ行くぞ」

尚吉が声を上げると、一斉に三味線や小太鼓、鉦の音が鳴り響いた。酒樽の行列が始まるのである。これには卯吉もついてゆく。

先頭を進んでゆくのが、福泉だった。行列が町を行くと、待っていたように人々が集まってくる。後をつけてくる子どもたちの姿もあった。

「あれが一番の福泉か。早く買いに行こうじゃねえか」

見物人の一人が言った。

「おれも飲んでみよう」

一刻ばかり町を練り歩いて、新川大神宮へ戻った。ここで抽選が行われる。三百人ほどが集まっていた。その中には、今津屋の東三郎やお結衣の姿もあった。問屋仲間の面々もいる。

そしていきなり、卯吉に体をぶつけてきた子どもがいた。柔らかい体だ。誰なのかすぐに分かった。

「お陰で、うまくいったぞ」

卯吉はしゃがんで、おたえと目の高さを合わせてから言った。

おたえが、嬉しそうに笑った。小菊も傍にいた。

福泉の箱には、十九枚の紙片が入っている。その中から当たりの一枚を、狩衣姿の神官が抜き出す。目は手拭いで塞がれていた。

「当たった人は、嬉しいでしょうね」

小菊が言った。開始のときには、姿さえなかった。期待もしていなかっただろう。

卯吉はおたえと手を繋いで、抽選の様子を見詰める。神官が、箱の中に手を入れた。引き出した手には、一枚の紙片が摑まれている。

「わあっ」

境内が、熱気に包まれた。

卯吉はそのとき、神官に目をやってはいなかった。小菊の横顔に目をやっていた。

大酒の合戦が一段落しても、神田松枝町で暮らすおゆみとその男児の問題が解決したわけではなかった。お丹や市郎兵衛は、その母子を武蔵屋へ入れることを画策している。

この先何があるかは、見当もつかなかった。

それでも小菊とは、さりげない会話を交わすことができるようになった。武蔵屋の中では孤立無援だった卯吉だが、今では小菊とおたえは力強い味方になった。

勘十郎が言った、小菊と祝言を挙げる話は夢物語のように思えるが、武蔵屋では自分一人きりではなくなった。

小菊が、これまでとは違う存在になったのである。境内で喚声が上がっている。神官が、酒が当たった者の名を読み上げていた。

本書は文庫書下ろし作品です。

|著者|千野隆司　1951年東京都生まれ。國學院大學文学部卒。'90年「夜の道行」で小説推理新人賞を受賞。時代小説のシリーズを多数手がける。「おれは一万石」「入り婿侍商い帖」「出世侍」「雇われ師範・豊之助」など各シリーズがある。「下り酒一番」は江戸の酒問屋を舞台にした新シリーズ。

大酒《おおざけ》の合戦《かつせん》　下《くだ》り酒一番《ざけいちばん》(四)

千野隆司《ちのたかし》

講談社文庫

定価はカバーに
表示してあります

2020年4月15日第1刷発行

発行者——渡瀬昌彦
発行所——株式会社　講談社
東京都文京区音羽2-12-21　〒112-8001
電話　出版　(03)　5395-3510
　　　販売　(03)　5395-5817
　　　業務　(03)　5395-3615

Printed in Japan

デザイン—菊地信義
本文データ制作—講談社デジタル製作
印刷———豊国印刷株式会社
製本———株式会社国宝社

ISBN978-4-06-519393-8

講談社文庫刊行の辞

二十一世紀の到来を目睫に望みながら、われわれはいま、人類史上かつて例を見ない巨大な転換期をむかえようとしている。

世界も、日本も、激動の予兆に対する期待とおののきを内に蔵して、未知の時代に歩み入ろうとしている。このときにあたり、創業の人野間清治の「ナショナル・エデュケイター」への志を現代に甦らせようと意図して、われわれはここに古今の文芸作品はいうまでもなく、ひろく人文・社会・自然の諸科学から東西の名著を網羅する、新しい綜合文庫の発刊を決意した。

激動の転換期はまた断絶の時代である。われわれは戦後二十五年間の出版文化のありかたへの深い反省をこめて、この断絶の時代にあえて人間的な持続を求めようとする。いたずらに浮薄な商業主義のあだ花を追い求めることなく、長期にわたって良書に生命をあたえようとつとめるところにしか、今後の出版文化の真の繁栄はあり得ないと信じるからである。

同時にわれわれはこの綜合文庫の刊行を通じて、人文・社会・自然の諸科学が、結局人間の学にほかならないことを立証しようと願っている。かつて知識とは、「汝自身を知る」ことにつきていた。現代社会の瑣末な情報の氾濫のなかから、力強い知識の源泉を掘り起し、技術文明のただなかに、生きた人間の姿を復活させること。それこそわれわれの切なる希求である。

われわれは権威に盲従せず、俗流に媚びることなく、渾然一体となって日本の「草の根」をかたちづくる若く新しい世代の人々に、心をこめてこの新しい綜合文庫をおくり届けたい。それは知識の泉であるとともに感受性のふるさとであり、もっとも有機的に組織され、社会に開かれた万人のための大学をめざしている。大方の支援と協力を衷心より切望してやまない。

一九七一年七月

野間省一

講談社文芸文庫

加藤典洋

テクストから遠く離れて

解説＝高橋源一郎　年譜＝著者、編集部

ポストモダン批評を再検証し、大江健三郎、高橋源一郎、村上春樹ら同時代小説の読解を通して来るべき批評の方法論を開示する。急逝した著者の文芸批評の主著。

かP5

978-4-06-519279-5

平沢計七

一人と千三百人／二人の中尉

平沢計七先駆作品集

解説＝大和田　茂　年譜＝大和田　茂

関東大震災の混乱のなか亀戸事件で惨殺された若き労働運動家は、瑞々しくも鮮烈な先駆的文芸作品を遺していた。知られざる作家、再発見。

ひJ1

978-4-06-518803-3

講談社文庫　目録

東郷隆
上田信 絵　【絵解き】雑兵足軽たちの戦い〈歴史・時代小説ファン必携〉
堂場瞬一　八月からの手紙
堂場瞬一　壊れる心〈警視庁犯罪被害者支援課〉
堂場瞬一　邪心〈警視庁犯罪被害者支援課2〉
堂場瞬一　二度泣いた少女〈警視庁犯罪被害者支援課3〉
堂場瞬一　身代わりの空(上)(下)〈警視庁犯罪被害者支援課4〉
堂場瞬一　影の守護者〈警視庁犯罪被害者支援課5〉
堂場瞬一　不信の鎖〈警視庁犯罪被害者支援課6〉
堂場瞬一　傷
堂場瞬一　埋れた牙
堂場瞬一　Killers(上)(下)
堂場瞬一　虹のふもと
土橋章宏　超高速！参勤交代
土橋章宏　超高速！参勤交代 リターンズ
戸谷洋志　Jポップで考える哲学〈自分を問い直すための15曲〉
富樫倫太郎　信長の二十四時間
富樫倫太郎　風の如く 吉田松陰篇
富樫倫太郎　風の如く 久坂玄瑞《くさかげんずい》篇
富樫倫太郎　風の如く 高杉晋作篇

富樫倫太郎　スカーフェイス〈警視庁特別捜査第三係・淵神律子〉
富樫倫太郎　スカーフェイスII デッドリミット〈警視庁特別捜査第三係・淵神律子〉
富樫倫太郎　スカーフェイスIII ブラッドライン〈警視庁特別捜査第三係・淵神律子〉
豊田巧　警視庁鉄道捜査班〈鉄血の警視〉
豊田巧　警視庁鉄道捜査班〈鉄路の牢獄〉
夏樹静子　新装版 二人の夫をもつ女
中井英夫　新装版 虚無への供物(上)(下)
中島らも　今夜、すべてのバーで
中島らも　僕にはわからない
鳴海章　フェイスブレイカー
鳴海章　謀略航路
鳴海章　全能兵器AiCO《アイコ》
中嶋博行　ホカベン ボクたちの正義
中嶋博行　新装版 検察捜査
中嶋博行　新検察捜査
中村天風　運命を拓く〈天風瞑想録〉
中山康樹　ジョン・レノンから始まるロック名盤
梨屋アリエ　でりばりぃAge
梨屋アリエ　ピアニッシシモ

中島京子　FUTON
中島京子　妻が椎茸だったころ
奈須きのこ　空の境界(上)(中)(下)
中村彰彦　乱世の名将 治世の名臣
長野まゆみ　簞笥のなか
長野まゆみ　レモンタルト
長野まゆみ　チマチマ記
長野まゆみ　冥途あり
長野まゆみ　45°〈ここだけの話〉
長嶋有　夕子ちゃんの近道
長嶋有　佐渡の三人
永嶋恵美　擬態
永井均
内田かずひろ 絵　子どものための哲学対話
なかにし礼　戦場のニーナ
なかにし礼　生きる力〈心でがんに克《か》つ〉
なかにし礼　夜の歌(上)(下)
中村文則　最後の命
中村文則　悪と仮面のルール
編/解説 中田整一　真珠湾攻撃総隊長の回想〈淵田美津雄自叙伝〉

2020年3月15日現在